U0620477

纪念茨维塔耶娃逝世七十周年

冷冷暖暖里　亲亲疏疏间
高高低低处　兜兜转转中

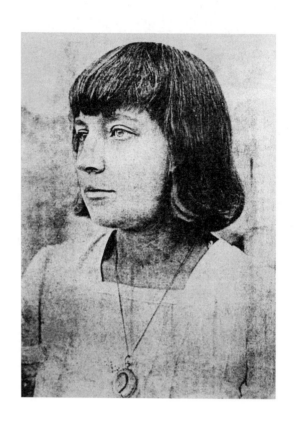

玛·茨维塔耶娃,1913 年

文学纪念碑 *040*

致
一百年以后的
你

Тебе — через сто лет
Стихотворения Марины Цветаевой

茨维塔耶娃诗选

Марина Цветаева　　（俄）玛丽娜·茨维塔耶娃　著　　苏杭　译

广西师范大学出版社
·桂林·

译　序[*]

像俄罗斯诗歌的巨擘叶赛宁和马雅可夫斯基一样，玛丽娜·伊万诺夫娜·茨维塔耶娃于一九四一年八月三十一日在俄罗斯中部的小城叶拉布加自己结束了自己的生命。

那是孤苦的、艰难的、悲惨的一生。
那是高傲的、充实的、永恒的一生。

玛丽娜·茨维塔耶娃于一八九二年十月八日（俄历九月二十六日）出生在一个书香门第，她的父亲伊万·茨

---

　　* 参考《茨维塔耶娃作品集》两卷本编者安娜·萨基扬茨所写之前言。

维塔耶夫是莫斯科大学教授,语文学家,艺术学家,彼得堡科学院通讯院士,莫斯科美术博物馆的创建者;母亲玛丽亚·梅因是一位颇有才华的音乐家,精通数种语言,是她丈夫创建博物馆的得力助手。茨维塔耶娃本应有一个金色的童年,但不幸的是母亲患上了肺结核,在她十四岁时便离开了他们。母亲还在世时,她便尝到了动荡不安的生活与孤独冷漠的滋味。为了给母亲治病,全家长期漂泊国外,十岁的她与八岁的妹妹阿纳斯塔西娅两人常年在意大利、瑞士和德国等地寄宿学校读书。不到十七岁时,她只身前往法国巴黎大学听古代法国文学课。她自幼养成的那种清高孤傲的性格使她后来吃尽苦头。

玛丽娜·茨维塔耶娃六岁便开始写诗。她意识到自己在诗歌方面的天赋,大概是在一九〇三至一九〇四年,也就是她十一到十二岁的时候。一九一〇年秋天,她刚满十八岁,便出版了第一本诗集《黄昏纪念册》。这本薄薄的小册子尽管从内容上看没有跳出一个少女的生活圈子,但是由于它显露出作者早熟的诗歌才华,得到了著名诗人勃留索夫、沃洛申的赞许。沃洛申甚至亲自登门拜访这位初出茅庐的作者。此后,他不仅引导茨维塔耶娃走进"诗歌的殿堂",二人还成了忘年交。一九一一年茨维塔耶娃放弃学业,来到诗人沃洛申在克里木

伊·弗·茨维塔耶夫，
1903 年

玛·亚·梅因

的科克捷别里创办的创作之家。那里吸引着许多作家、艺术家。正是在那里,她遇到了出身于革命世家的子弟谢尔盖·埃夫龙,一九一二年一月两人便结为伉俪,九月,女儿阿里阿德娜(阿利娅)出世。同年她出版了第二本诗集《神灯》。

然而好景不长,一九一三年八月,在茨维塔耶娃不到二十一岁的时候,父亲也与世长辞。继而她又与丈夫长期别离,给她的命运平添了一层不祥的色彩。在第一次世界大战期间,谢尔盖·埃夫龙作为救护人员辗转于各地,十月革命的日子里,白军溃败,作为白军军官的谢尔盖·埃夫龙被命运抛到了国外。茨维塔耶娃带领女儿阿利娅和一九一七年四月出生的二女儿伊琳娜留在莫斯科,母女三人相依为命。她没有任何收入,"靠写诗是不能养家糊口的",这话虽然是她多年以后在另一种更为艰苦的国外环境下说出的,但是当时茨维塔耶娃对自己的无能为力确实也有充分的认识。她一度到俄罗斯联邦民族事务人民委员部工作,偶尔也出席一些诗歌朗诵会,包括为募捐而举办的晚会。她虽然不修边幅,甚至流露出她那固有的高傲神情,却也被听众当作自己人而受到热情欢迎。一个强者在生活最艰难的处境中永远能够迸发出最旺盛的创作力。茨维塔耶娃在这段时间里,以顽强

阿娜斯塔西娅与玛丽娜·茨维塔耶娃,1905 年

的毅力不仅写了数百首抒情诗,还对民间文学作了探讨——她以俄罗斯民间故事为素材写了许多首长诗。此外,她还与艺术剧院的演员们合作,为他们写了几部诗剧,同时从他们那里得到灵感,向他们奉献了不少组诗。茨维塔耶娃的早期诗作"是用古典的语言和风格写作"的,她的"抒情诗的形式有一种威力……这是她呕心沥血摸索出来的形式,它不是软绵绵的,而是浓缩精练的",这些诗具有"无限的纯洁的力量"。① "你那样子同我相像,走起路……","哪里来的这般柔情似水?……","同我们一起宿夜的亲爱的旅伴!……",《致一百年以后的你》,"我在青石板上挥毫……"等诗便是如今已经成为传世之作的早年的抒情诗。

在与谢尔盖·埃夫龙离别四年半以后,借助爱伦堡于一九二一年春出国访问之便,茨维塔耶娃于同年七月十四日意外地得到了丈夫在布拉格查理大学读书的消息。茨维塔耶娃随后于一九二二年五月十五日携不满十岁的女儿阿利娅(二女儿伊琳娜于一九二〇年饿死)去国外与丈夫团聚。从此,茨维塔耶娃与祖国离别了十七年,备受痛苦的煎熬。

---

① 见帕斯捷尔纳克,《人与事》,《世界文学》1985 年第 5 期。

离开俄罗斯以前,茨维塔耶娃已经确立了她作为诗人的地位,她的创作已经完全成熟,而且正处于旺盛时期。她先后又出版了三本诗集:《自两本书》(1913),《里程碑》(1921年初版,1922年再版),《卡萨诺瓦的结局》(戏剧小品,1922)。

茨维塔耶娃出国后第一站是柏林。当时那里是俄国文化人汇集的中心,高尔基、阿·托尔斯泰、霍达谢维奇、安德烈·别雷等人较长时期住在那里;叶赛宁、帕斯捷尔纳克等人也在那里作过短暂的逗留。茨维塔耶娃与他们有过一些接触,特别是与帕斯捷尔纳克常有书信往来。一九二六年,帕斯捷尔纳克又将茨维塔耶娃介绍给奥地利诗人里尔克,遗憾的是茨维塔耶娃还没来得及与里尔克谋面,后者便溘然长逝。然而这三位诗人往来的书简以及相互的献诗如今已经成为世界文坛的珍品。尽管柏林约有七十家俄罗斯人办的出版社和报刊,具备出版诗集的有利条件,但是茨维塔耶娃只在那里逗留了两个半月,便于一九二二年八月一日去了布拉格。一九二五年二月一日,她的儿子格奥尔吉(穆尔)在那里出生。谢尔盖·埃夫龙在布拉格住读,为了节省开支,茨维塔耶娃便带领孩子住在郊区乡间,曾五次更换租金更为低廉的住房。茨维塔耶娃除了忙于家务以外,从未放松创作。除了短诗,她还创作了一些大型作品,如长诗《山之诗》(1924)、《终结之诗》(1924),组诗《树木》(1922–1923)、《电报线》(1923)等。

为了儿子的教育问题,茨维塔耶娃未等丈夫大学毕业便于一九二五年十一月一日携十二岁的女儿和九个月的儿子移居法国。起初住在巴黎友人家里,后来又五次迁居巴黎郊区的五处乡镇。她在法国侨居的时间最久,近十四年,但是在布拉格度过的三年多却给她留下远比巴黎更美好的印象。这期间,茨维塔耶娃曾去伦敦和布鲁塞尔举办诗歌朗诵会,或去海滨度假。

由于丈夫有病,四口之家的生计只靠茨维塔耶娃写诗的稿费和朗诵会的收入来维持,生活日益困难。因此,从一九三〇年代起,茨维塔耶娃改为从事“能够养家糊口”的散文创作。散文创作的素材多取自她个人的经历和家世。《父亲和他的博物馆》《母亲和音乐》《老皮缅处的宅子》《索涅奇卡的故事》便属于这一类;另一类是关于一些诗人的回忆和对普希金的研究:《一首献诗的经过》(关于曼德尔施塔姆),《关于活生生的人的活生生的事》(关于沃洛申),《被俘的精灵》(关于安德烈·别雷),《我的普希金》《普希金和普加乔夫》;还有一些如《时代和当代俄罗斯的抒情诗》《同历史一起的诗人和处在历史之外的诗人》,则

玛·茨维塔耶娃和阿莉娅,1925-1926 年

玛·茨维塔耶娃和穆尔

是评论同代诗人马雅可夫斯基和帕斯捷尔纳克的创作个性以及探讨诗人和他们的使命的文章。

茨维塔耶娃初到国外时,受到俄国流亡作家们的热烈欢迎。几家俄国侨民办的出版社争相向她约稿,仅头两年她出版的诗集便有《离别集》(1922,柏林-莫斯科)、《献给勃洛克的诗》(1922,柏林)、《少女王》(童话诗,1922,柏林-彼得堡)、《普绪赫》(1923,柏林)、《手艺集》(1923,柏林-莫斯科)、《小伙子》(童话诗,1924,布拉格)等六册,四年后又出版了《离开俄罗斯以后》(1928,巴黎),这是茨维塔耶娃侨居国外时的最后一本诗集。

严酷的现实使茨维塔耶娃摆脱掉"除了心灵以外,我什么都不需要"的超然的人生哲学,逐渐对流亡圈子的空虚、冷漠、庸俗的精神生活和物质生活投以无情的轻蔑和辛辣的讥讽。(《报纸的读者》)一九二八年马雅可夫斯基访问巴黎时,她的表现进一步加剧了她在政治上与那些流亡者的分歧。茨维塔耶娃公开表示欢迎马雅可夫斯基,她刚到国外时就曾将马雅可夫斯基的《败类们》一诗译成法文发表。一九二八年十一月七日她出席了在伏尔泰咖啡馆举行的马雅可夫斯基诗歌朗诵会,会后记者问她:"关于俄罗斯您有什么话要说吗?"茨维塔耶娃不假思索地答道:"那里有力量。"早在六年前的一九二二年四月二十八日清晨,茨维塔耶娃在离开俄罗斯的前夕,在空荡荡的铁匠桥街遇到了马雅可夫斯基,并问他:"您有什么话要转告欧洲吗?"后者答道:"这里有真理。"茨维塔耶娃一九二八年答记者的那句话,就是与马雅可夫斯基一九二二年对她说的这句话遥相呼应的。茨维塔耶娃以她"那里有力量"这句斩钉截铁的话,并以"她的整个诗歌的实质,与反动势力抗衡并且勇敢地表明自己对新的、苏维埃的俄罗斯的同情"。① 然而这句话却也断送了她全家的一部分生活来源。过去发表她的作品的《最新消息》报从此不再发表她的作品。但是茨维塔耶娃后来在给马雅可夫斯基的信里毫不含糊并且不无骄傲地承认别人对她的指责:"如果说她(指茨维塔耶娃)欢迎的只是诗人马雅可夫斯基,那么她欢迎的就是以他为代表的新的俄罗斯……"后来马雅可夫斯基为了向她表示敬意,曾在他的创作展览会上展示过这封信。

在回顾侨居的日子时,茨维塔耶娃写道:"开始时(热情地!)发表我的作品,后来清醒以后,便不再找我,他们意识到不是**自己人**——而是那边的。""我不是为**这里**写作

① 弗谢·罗日杰斯特文斯基:《玛丽娜·茨维塔耶娃》,《茨维塔耶娃诗文集》第一卷(莫斯科:文学出版社,1984),页10。

（这里的人不理解——因为声音），而正是为了**那边**——语言相通的人。"然而，诗人也痛苦地意识到虽然"我的读者在俄罗斯，可是我的诗却到不了那里"。

由于这种难以排遣的痛苦与那使她肝肠寸断的乡愁交织在一起，她这一时期关于祖国的诗作具有与众不同的感染力（"我向俄罗斯的黑麦致以问候……"，《松明》《接骨木》《祖国》，"乡愁啊，这早就已经……"）。与那些十月革命后离开俄罗斯侨居国外的作家如布宁一样，她离开祖国的时间越久，思念故土的感情就越强烈。

"这里既**不需要**我，那里我又**没有可能**"，这种既不甘心与那些龌龊鄙俗的侨民为伍，又有家归不得的进退维谷的处境，使茨维塔耶娃几乎精神失常。

乡愁啊！这早就已经

被戳穿的纠缠不清的事情！

对我来说全然一样——

在**哪儿**都是孤苦伶仃

就连她自幼那样热爱的俄罗斯语言都不能使她的感情平静下来：

就连祖国的语言，还有它那

乳白色的召唤都没能使我陶醉。
究竟因操何种语言而不为路人
理解——对我全然无所谓！

在"一切家园我都感到陌生，一切神殿对我都无足轻重"的痛苦的自嘲中，笔锋却突然一转：

然而在路上如果出现树丛，
特别是那——花楸果树……

那对故土的亲切的记忆，那作者幼时在家园曾围绕着它嬉戏的火红的花楸果树，有着多么强大的诱惑力啊，可是它刚一出现在诗人的脑海里却又戛然而止，不知有多少言语、多少感情尽在这不言之中，真是令人拍案叫绝！如此含蓄、如此深沉的艺术处理，这般令人回肠九转的怀乡诗，只能出自有着特殊经历的茨维塔耶娃之手。

尽管茨维塔耶娃的思想感情这般纷乱复杂，但她却把父辈与儿女们截然分开，"我们的良心不是你们的良心"，"我们的争吵不是你们的争吵"，"孩子们，自己去创作自己的故事——写自己的激情，写自己的岁月"；"祖国不会把我们召唤"，"去吧，我的儿子，回家去吧"，"回到

自己的家园",诗人念念不忘用热爱祖国的感情来培育自
己的儿子:"像用唧筒一样,我把罗斯汲取——把你浇
灌!"(《给儿子的诗》)而《祖国》一诗再次表达了她的这
种思想感情:

> 我不是白白地让孩子们眷恋
> 那远方——比海水还要湛蓝。
>
> 你啊!我就是断了这只手臂,——
> 哪怕一双!我也要嘴唇着墨
> 写在断头台上:令我肝肠寸断的土地——
> 我的骄傲啊,我的祖国!

"我整个生活便是我心灵的故事",这样一种自我封
闭式的生活信条,经过严酷无情的历史的校正,终于变成
了"任何人都逃不脱历史"这样的真理——尽管诗人领悟
这真理迟了一些。因此,当德国法西斯入侵被她视为她
儿子的故乡的捷克斯洛伐克时,她一下子便摆脱开自己
的心灵的故事而迈进了历史。茨维塔耶娃时时刻刻注视
着捷克事态的发展,她的心同捷克人民的心一起跳动。
她奋笔疾书,一气写成了包括十五首诗的组诗《致捷克的

诗章》。这组诗浸透了诗人对捷克人民的热爱，充满了对德国法西斯的仇恨。这组诗是茨维塔耶娃创作中少见的政论诗，是她一生创作的顶峰！

茨维塔耶娃一生创作了许多首长诗，《山之诗》和《终结之诗》是其中较为著名的两首。《山之诗》如同《终结之诗》是献给康·罗泽维奇（1895-1988）的。茨维塔耶娃在一九二三年侨居捷克时与他相识，当时他就读于布拉格查理大学法律系。

罗泽维奇出身于彼得堡一个军医家庭。第一次世界大战期间，中断学业，上了前线。一九一七年被任命为黑海舰队海军中尉。担任过下第聂伯红色舰队司令员。国内战争将近结束时，被白军俘虏。后来，命运把他抛到了布拉格，他在那里读完大学，一九二六年定居巴黎，加入共产党，与法国左翼组织合作。德国法西斯占领法国期间，他参加过法国抵抗运动，一九三九年被捕，关押在德国集中营里；一九四五年在罗斯托克被苏联红军解放。返回巴黎后，他恢复了他的政治工作，同时从事绘画和木雕。一九六〇年，他把他保存的与茨维塔耶娃有关的所有材料（手稿、书信、图书、绘画）寄给了莫斯科，"以示对她的不可磨灭的纪念"。

一九七七至一九八〇年间，罗泽维奇曾将他为茨维塔耶娃所作的四幅素描和一座雕像的照片以及他的自传寄给了俄罗斯一位研究茨维塔耶娃创作与生平的学者。罗泽维奇在他的自传结束时写道：

> ……我与玛丽娜·茨维塔耶娃是在布拉格相识的。虽然年代越来越久远，可是我却一直珍藏着对她的纪念。我们的爱情和我们的离别生动地反映在玛丽娜·茨维塔耶娃本人的诗歌中。因此我不想作任何诠释。难道可以用平庸的话语表达已经成为诗歌的财富的东西吗？一九七八年十月。

《山之诗》同《终结之诗》一样，是以事实和浪漫色彩的统一为基础的。例如，长诗中所说的"山"，即布拉格贝特欣山冈，因为它地处斯米霍夫区，茨维塔耶娃称其为斯米霍夫山冈。但是这个词对于诗人来讲同时还具有另外一种浪漫的意义。长诗中的山是爱情的同义语和象征。在茨维塔耶娃的创作中，山的形象总是与感情的崇高、壮阔和狂澜以及人本身的伟大相联系的。茨维塔耶娃把她自己比作山，并且总是以"狂风暴雨"来响应召唤。她在致帕斯捷尔纳克的信里说，"当我们将来会见的时候，是山与山相逢"。

　　茨维塔耶娃是一个喜欢走路的人,她喜欢山,而不喜欢海,她常常把山与海对立起来。在诗人的创作观念中,这两个概念在作为象征的同时,还具有对立的意义。她说,"有些事物我对它们永远保持着排斥的状态:大海,爱情。海洋像帝王一样,像金刚石一样:只听得见那不歌颂它的人。而山则表示感激(神圣的)",山在"大地之上,天空之下。山在天空中"。

　　在《山之诗》中,茨维塔耶娃表达了一种对人的情感和激情所持的浪漫主义的观点。这些情感和激情是以属于存在的崇高的、精神的因素为基础的;她把这些情感和激情同日常生活对立起来——尽管这种日常生活是家、家庭以及亲人的关系。她在一九二五年致帕斯捷尔纳克的信中写道:"我使我的心灵养成一种习惯,让它在窗子外面生活,我一生都是透过窗子来看我的心灵的——啊,只看它!——我不允许它走进家里,就像人们不让也不带着家狗或者迷人的小鸟进入家里一样。我把自己的心灵变成了自己的家,但是从来也不会把家变成心灵。我不存在于自己的生活中,我不在家。心灵在家里,——在家,这对我是不可思议的,也就是说我不能思索。"(参阅长诗中"想幸福就该待在家里,——/想得到不是虚构的

爱情……"句)《山之诗》尾声中有两行诗,被诗人删掉了:

尾声看来写得很长——
但是我心中的记忆也很久长。

随着历史的进程,谢尔盖·埃夫龙和女儿阿利娅均投身于西班牙人民反对国内法西斯叛乱的斗争。不久,一九三七年三月,阿利娅怀着满腔希望只身返回祖国。同年秋天,谢尔盖·埃夫龙为了与苏联在国外的一起情报工作有关的事件不得不仓促秘密返回苏联。在这种对茨维塔耶娃和她的儿子极为不利的处境下,她已经没有可能再在法国居住下去。茨维塔耶娃这一阶段把她的全部精力和时间用在整理、安排自己的手稿上。为了她儿子的前程,也为了给她的诗找到家,茨维塔耶娃携带着十四岁的儿子穆尔于一九三九年六月十八日重新踏上了她走遍天涯海角到处都装在心里的黑土地。(《祖国》)一个在国外历尽沧桑漂泊了十七年之久的游子,一旦回到养育自己的故土的怀抱,酸甜苦辣便一齐涌进心头。然而,就在全家重新团聚在自己家园的两个月内,厄运却一次又一次地降临到茨维塔耶娃头上。八月二十七日深夜,女儿阿利娅突然被捕,过了不到一个半月,即十月十

1937年3月15日在巴黎北站送阿里阿德娜·艾伏隆回国:左起:玛·尼·列别杰娃,玛·伊·茨维塔耶娃,伊丽娜·列别杰娃,阿莉娅,穆尔

阿·艾伏隆

日,身患重病的丈夫谢尔盖也遭到逮捕。这种意想不到的打击,使茨维塔耶娃痛不欲生。她在一九四〇年九月五日的笔记中写下了当时的心境:"人家都认为我勇敢。我不知道有谁比我更胆小。我什么都怕。怕眼睛,怕黑暗,怕脚步声,而最怕的是自己,自己的头脑……没有人看得见——没有人知道,——已经有一年了(大约)我的目光在寻找钩子……活到头——才能嚼完那苦涩的艾蒿。"

茨维塔耶娃一面为女儿和丈夫到处奔走求告,一面辛勤地从事诗歌翻译借以谋生,并打发那更为孤寂的日子。由于她的诗作无处发表,她只能偶尔在译稿中写下几首。这是后来从她遗留下来的译诗中发现的。在译诗方面,她比自己写诗更为重视音韵节奏和意境。在她回国后不到两年的时间里,尽管处在更为沉重的生活与心理的压力之下,茨维塔耶娃仍然完成了大量的翻译工作。她译的主要是西方著名诗人如波德莱尔和英国、波兰、捷克、保加利亚等国诗人的作品,以及伊万·弗兰科、瓦扎·普沙韦拉和白俄罗斯诗人的诗作。除此之外,她还为《莫斯科新闻》和《国际文学》将莱蒙托夫的诗译成法文,将洛尔迦的诗从西班牙文译成法文,将贝希尔的诗从德文译成法文。一个年近半百的女人居然在精神上和体力上能承受如此沉重的负荷!

　　最使她难堪和愤懑的是,回国后一年有余尚无安身之处。她向当时作家协会负责人法捷耶夫求告,回答却是一平方米也没有。她们母子二人经常过着寄人篱下的生活。她在一封信里感叹道:"我不能放任我的感情——**权利**(何况在从前鲁勉采夫街博物馆里还有我们家的**三套书房**——外祖父……的,母亲……的,以及父亲……的)。**我们**把莫斯科都献出来了,而它却把**我**抛了出去——驱逐出去。"

　　德国法西斯入侵苏联日益加剧,茨维塔耶娃再也无法抵御这最后的劫难。为了儿子的安全,一九四一年八月八日她带领穆尔离开她刚刚获得立锥之地的莫斯科,八月十八日被疏散到鞑靼自治共和国境内的小城叶拉布加。随之而来的焦虑是,她惟一可以赖以为生的技能是翻译外国诗歌,但是**这种**技能在那里却毫无用处。于是她在八月二十六日只身前往莫斯科作家协会所在地奇斯托波尔,请求迁居该处并在作协基金会即将开设的食堂谋得一个**洗碗工**的工作,然而就连这个最低的要求也未得到满足,于是她于八月二十八日返回叶拉布加。至此,**她**的精神已经完全崩溃。她痛苦地感到,她一向认为诗人是"有用的",但是如今诗人已经毫无价值了。作为一利季娅·丘可夫斯卡娅在回忆录《临终之前》(1981)中写道：

　　由于一连串的死亡和意想不到的继承，有一张小纸片落到了我的手上。很轻的一小张纸——甚至不是一张，而是半小张纸，从学生作业本上撕下来的。纸上的笔触急剧、清晰、均匀、苍劲，仿佛在蹂躏这张可怜的小纸条一样，纸上写着：

　　致作家基金会委员会：
　　兹申请担任即将开设的作家基金会食堂洗碗工工作，敬请接纳为荷。
　　　　　　　　　　　　　　　　玛·茨维塔耶娃
　　1941 年 8 月 26 日

个母亲,她虽然日夜为儿子心焦如焚,却毫无保护他的能力。万般无奈,她只好将保护儿子的责任托付给别人,自己却于八月三十一日趁房东星期日外出时悬梁自尽了。她在给儿子的遗嘱中说:"小穆尔!原谅我,然而越往后就会越糟。我**病得很重**,这已经不是我了。我爱你爱得发狂。要明白,我无法再活下去了。转告爸爸和阿利娅——如果你能见到——我爱他们直到最后一息,并且解释一下,我已陷入绝境。"

然而茨维塔耶娃已经无从知道,在她死后的一个半月,也就是说,在一九四一年十月十六日,谢尔盖·埃夫龙被处决。

过了不到三年,使茨维塔耶娃最为担忧的儿子格奥尔吉·埃夫龙于一九四四年初应征入伍,"去开辟自己的岁月的战役",七月在白俄罗斯战线为祖国献出了他年仅十九岁的生命!

聊以告慰茨维塔耶娃英魂的是,她的孤苦伶仃、无依无靠的女儿阿里阿德娜·埃夫龙,经过了十七年集中营和流放生活的磨难,终于在一九五六年重获自由,把自己的余生全部献给母亲的未竟事业,整理、注释并出版母亲的遗作;然而令人遗憾的是,茨维塔耶娃将近三十年的生活与文学活动的惟一最直接的见证人阿里阿德娜·埃夫

谢尔盖·埃夫龙

戈·艾伏隆

玛·茨维塔耶娃在叶拉布加结束生命的房子

龙却未能完成关于母亲的回忆录便于一九七五年谢世了。

> 我的诗覆满灰尘摆在书肆里,
> 从前和现在都不曾有人问津!
> 我那像琼浆玉液醉人的诗啊——
> 总有一天会交上好运。

这是茨维塔耶娃在踏上俄罗斯诗坛的最初日子里对自己的创作的预言,那时她刚满二十岁。后来每当有人问起她对自己的诗歌的看法时,她总是用以上所引的最后两行诗来回答。她不幸而言中了! 在长达三十余年的一段特定的历史时期内,她的诗在她的祖国非但无人问津,而且几乎有几代人根本不知道她的名字。但是从上个世纪六十年代起,茨维塔耶娃的诗开始"以这些迟到的和及时的馈赠装点祖国的诗坛","等待她的将是最高的荣誉"。[①] 五十年来,不仅世界上许多国家出版了她的大量作品和关于她的研究著作,她的祖国也出版了几十种她的作品选集和全集,每种的印数少则五万,多则二十五

① 见帕斯捷尔纳克,《人与事》,《世界文学》1985 年第 5 期。

万。我们不难据以推算出读者的人数。她写的诗剧以及根据她的诗作改编的各种形式的艺术作品不断被搬上舞台。作曲家肖斯塔科维奇等人为她的诗作谱写的乐曲被列为音乐会的保留节目。此外,俄罗斯各地还经常举办茨维塔耶娃诗歌朗诵会。

> 我还感到悲哀的是,直到今天黄昏——
> 我久久地追随西沉的太阳的踪迹,——
> 经历了整整一百年啊,
> 　　我才最终迎来了你!

今年,也就是二〇一二年,是茨维塔耶娃诞辰一百二十年,茨维塔耶娃一生中不胜翘企的读者如今正追随着她的踪迹……

苏　杭

二〇一二年二月

目　录

1913–1915

1916

1917-1920

1913–1915

我的诗啊写得那样地早，*

压根儿没想到——我竟成了诗人，

我的诗飘落，像喷泉四射的水花，

像焰火飞溅的落英五彩缤纷，

我的诗像小鬼钻进了教堂，——

那里幻梦萦绕，香火长焚，

我那抒写青春和死亡的诗，——

那诗啊一直不曾有人歌吟！

我的诗覆满灰尘摆在书肆里，

从前和现在都不曾有人问津！

---

* 茨维塔耶娃在 1931 年回答某一家期刊问答表中
"关于您的创作您有何想法"一项时曾引用过这首诗的最后
一行。1933 年 4 月在回复尤·伊瓦斯科的信时曾写道：
"'琼浆玉液'写于 1913 年。这是我的写作的(以及个人的)
生涯的公式——前景。**一切**我都知道——生来就知道。"

苏联作曲家肖斯塔科维奇曾为这首诗谱曲。

我那像琼浆玉液醉人的诗啊——

总有一天会交上好运。

1913 年 5 月 13 日

科克捷别里①

---

　　①　苏联黑海沿岸卡拉达格山脚下小村庄,苏联诗人马·沃洛申(1877-1932)曾在此地创办一所创作之家,1944年更名为普拉尼约尔斯科耶村。

马·沃洛申

马·沃洛申在科克捷别里

茨维塔耶娃姐妹玛丽娜、阿娜斯塔西娅和叶·奥·
沃洛申娜,科克捷别里,1911 年

你那样子同我相像,走起路——
两只眼睛羞涩地瞧着低处。
我从前也是低垂着眸子!
过路人啊,请停一停脚步!

采撷一束毛茛花和罂粟,
然后再把那碑文读一读,——
从前我的名字叫玛丽娜,
我在世上活了几多岁数。

千万别以为这里是一座坟墓,
我一旦出现,会使你失声惊呼……
我这个人原本实在太爱嬉笑,
可那时候却不允许真情流露!

血液曾经滋润过我的肌肤,
卷曲的秀发也曾轻轻飘拂……

我原也是一个**活着的人**！
过路人啊，请停一停脚步！

先自己掐上野草一株，
随后再采摘野果一簇——
墓地上草莓无与伦比，
个头儿硕大，甜美芳馥。

只是不要神情忧郁地延伫。
默默地、默默地低垂着头颅。
请你轻松愉快地思念起我，
请你忘却我吧——心境一如当初。

光芒那样强烈地把你照耀！
你浑身笼罩着金色的光雾……
但愿我发自九泉下的声音
不至于使你感到困惑惊怵。

1913 年 5 月 3 日
科克捷别里

我这会儿伏卧在床上，*
怀着狂躁不安的心情。
如果你有意想当
我的一个门生，

我会一跃而起，马上——
"听见了吗，我的门生？"

浑身金银珠宝明晃晃，
我会变成水妖和火精。
我们会坐在地毯上，
围着壁炉——火焰熊熊。

---

　* 这首诗是献给 M. C. 费尔德施泰因（1885–1948）
的，他后来成了茨维塔耶娃的大姑子维·埃夫龙的丈夫。

火焰,寒夜和月亮……
"听见了吗,我的门生?"

我的马儿不可阻挡,
它喜欢疯狂地奔腾!——
我想把往事一古脑儿烧光——
那书本卷宗陈陈相因,

那朵朵玫瑰已经枯黄。
"听见了吗,我的门生?"

待到满屋子地上,
化成了灰烬丛丛,——
上帝啊,我会把你这个少壮
变成一个什么样的精灵!

老头儿变成少年郎!
"听见了吗,我的门生?"

待您再一次投向
钻研学问的陷阱,

我会背着手站立一旁，
怀着幸福的心情，

您可堪称伟大的少年狂！
"听见了吗，我的门生？"

1913 年 6 月 1 日

谢·埃[*]

我挑衅地戴上他的指环！
是的，永远做他的妻子，不是纸上空谈，——
他那张特别窄长的脸
好像一柄长剑。

他嘴角下垂，默不作声，
那两道眉毛优美而充满苦痛，
两种古老的血统
在他脸上悲惨地交融。

他像条条树枝一样纤细。
他那眸子无助却也美丽！——
在两道展开的眉毛的翅膀下面——
有如两潭深渊黑魆魆。

---

[*] 这首诗是献给诗人的丈夫谢尔盖·埃夫龙的。

我忠于他脸上的骑士风采，

还有那视死如归的你们！——

这样的人在这不祥的年代，

走向断头台的时候还在吟诵诗韵。

1914 年 6 月 3 日

科克捷别里

玛·茨维塔耶娃和谢·埃夫龙，
莫斯科,1911 年

给外祖母[*]

一张刚毅的长方形的脸，
一身黑色的喇叭筒衣裙……
年轻的外祖母！何人亲吻过
您那两片傲慢的嘴唇？

那双手演奏过肖邦的圆舞曲，
在那宫殿的辉煌的大厅当中……
那冷若冰霜的面孔的两鬓
梳理着螺旋般卷绕的发型。

那阴沉沉咄咄逼人的目光
时时刻刻都存有戒心，

---

* 这首诗是献给诗人的外祖母玛·卢·别尔纳茨卡娅（1841–1869）的，她的像当年悬挂在茨维塔耶夫家中。1933年诗人发现，那张像并非是她的外祖母，而是外祖母的母亲。

年轻的女性可从不这样注视。
年轻的外婆啊，您是怎样的人？

一个年方二十的波兰女人，
几多办到的事以及几多
未曾办到的事随着您
带进了那难以填平的沟壑！

白昼晴朗，微风儿清新，
幽暗的晨星不再隐现。
"外婆啊！不正是因为您，
我的心呀才激荡不安？……"

1914 年 9 月 4 日

我喜欢——您不是为我而害相思,*

我喜欢——我不是为您而害相思,

沉重的地球永远不会

从我们的脚下消失。

我喜欢——或许我会变成一个可笑的女子——

一个放荡不羁的女性——但不会闪烁其辞,

即便我们的衣袖稍许接触,也不会

春心泛滥,令人窒息,以至于面红耳赤。

我还喜欢——您当着我的面

泰然自若地把别的女人拥抱,

您不会因为我没有吻您

而让我在地狱的火焰中受煎熬。

我喜欢——无论是白天还是黑夜,我的温存的人儿
您都不会念叨我的温柔的名字——那会徒劳……
我喜欢——在那宁静的教堂里,哈里路亚的歌声①
永远不会在我们的头顶上空缭绕!

我真心诚意地感谢您——
感谢您——您自己也不知道! ——
是那样地爱我:为了我的夜晚的安宁,
为了在黄昏时分我们的幽会极少,
为了我们不曾在月下散步,
为了太阳不曾在我们的头顶照耀,——
感谢您不是为我而害相思——真糟糕!
感谢我不是为您而害相思——真糟糕!

1915 年 5 月 3 日

---

① 基督教做礼拜时唱的圣歌,意为赞美上帝。

后排站立者为谢·雅·埃夫龙和马·亚·
明茨,前排坐者为阿·伊·茨维塔耶娃和
儿子安德列,玛·伊·茨维塔耶娃和女儿
阿里阿德娜,亚历山大罗夫镇,1916 年我怀着柔情蜜意——
因为我即将离开人世而去，
我一直翻来覆去地思忖：
遗赠给谁呢——我那件狼皮大衣，

遗赠给谁呢——那条暖和的毛围巾，
那根精美的手杖带有猎犬雕饰，
遗赠给谁呢——我那只银手镯，
手镯上镶满绿松石……

还有一盆盆花卉，一本本札记，
我已无法保存这些东西……
还有我这最后一首诗，
以及我这最后的一夕！

1915 年 9 月 22 日

吉卜赛人是那样地喜欢分离！
刚一见面——就急如星火般离去。
我把额头依在手掌上，
凝视着黑夜，在思虑：

任谁翻遍了我们的书信，
也揣摩不透我们的心意，
我们是那样背信弃义，而这恰是——
对自己那样地忠贞不渝。

1915 年 10 月

1916

我种了一棵小苹果树——
让孩子们——娱乐，
让老年人——热火，
让园丁——快活。

我把一只小白鸽
诱进了茅舍——
让偷儿——恼火，
让主妇——快乐。

我生了一个女小囡——
那一双小眼睛碧蓝，
嗓子像小白鸽甘甜，
头发像小太阳耀眼。

气坏了——少女，

愁煞了——少年。

1916 年 1 月 23 日

任谁也没有夺走什么东西——*
我们身处两地,我为此感到惬意!
我亲吻您——超越把我们阻隔的
关山万千里。

我知道,我们的天赋无法相比。
我的声音刚一发出,便已沉寂。
年轻的杰尔查文,对于您,①
我的拙劣的诗实在不值一提!

我为您艰险的腾飞祈祷:
飞吧,年轻的雄鹰!

_____

　　* 这首诗是写给诗人奥西普·曼德尔施塔姆(1891-
1938)的,后者于 1916 年来到了莫斯科。茨维塔耶娃对曼德
尔施塔姆的创作评价很高,认为他的诗富有魔力、魅力,虽然
有些思想混乱,但仍肯定他的诗有"杰尔查文的手法"的痕迹。
曼德尔施塔姆在 1916 年也曾写过数首诗献给茨维塔耶娃。
　　① 杰尔查文(1743-1816),俄国古典主义诗人。

你不曾眯起眼睛,强忍阳光辐照,
而我那不算年轻的眼睛却被刺痛?

任谁也不曾比我更充满柔情、
更坚贞不渝地望着您的背影……
我亲吻您——超越年年岁岁,
年年岁岁我们难以相逢。

1916 年 2 月 12 日

奥·曼德施塔姆,科·楚科夫斯基,别·里
夫希茨,尤·安年科夫,1914 年

哪里来的这般柔情似水？*

我抚摩鬈发并非头一回，

我也曾亲吻过嘴唇——

比你的嘴唇更幽晦。

一颗颗星星升起又陨坠，

（哪里来的这般柔情似水？）

就在我这双眼睛里，

一对对明眸升起又陨坠。

夜深沉，茫茫一片漆黑，

我在歌手的胸前依偎，

（哪里来的这般柔情似水？）

还不曾听过这样的歌声令人心醉。

---

　　*　这首诗也是献给曼德尔施塔姆的，肖斯塔科维奇曾
为之谱曲（第143号组曲）。

哪里来的这般柔情似水?
你这狡黠的少年,如何应对?
你这来自他乡异地的歌手,
没人比你的睫毛更长更美。

1916 年 2 月 18 日

安娜·泽里曼诺娃,《奥西普·曼德
施塔姆像》(水彩画,1914)

莫斯科吟*

1(3)①

夜晚打从钟楼经过，
广场催促我们急行。
啊，深夜里何等恐怖——
那年轻士兵们的吼声！

狮吼吧，洪亮的心灵！
热烈地亲吻吧，爱情！
啊，这狂暴的吼声！
啊，这剽悍的血性！

* 组诗共九首，选译四首。
① "夜晚打从钟楼经过……"这首诗是献给奥·曼德尔施塔姆的。

我的嘴唇是那样嫣红，

尽管样子看上去神圣。

就像一只精巧的金匣子，

伊韦尔斯克钟楼光泽瞳瞳。①

你快让恶作剧收场吧，

点燃起灯火通明，

但愿像我希望的那样，

这会儿我不曾跟你同行。

1916 年 3 月 31 日

2(4)

那一天即将到来——都说那是悲伤的一天！——

我那双像火焰一般闪动的眼睛，

不再咄咄逼人，不再哭泣，不再目光炯炯，——

陌生的铜板儿使它们变得冰冷。

---

① 伊韦尔斯克钟楼耸立在红场入口处，蔚蓝色圆顶，装饰着金星。

就像面貌相似的人碰到了相似的人一般，
从那从容的面貌后面隐约显现出面孔。

啊，我终于也赢得了你这珍品——
优美典雅的汗巾儿！

而从远处——我也会看到你们吗？——
沿着坎坷小路，拜谒的人流
惘然若失地画着十字，一个个把身子探向——
我那只不会缩回去的手，
我那只开戒的手，
我那只不再存在的手。

活着的人们啊，我第一次丝毫
不会不应允你们的亲吻。
那优美典雅的衣衾
从头到脚包裹住我的全身。
任什么都不会使我羞红了脸。
我的神圣的复活节今日来临。

沿着留在身后的莫斯科的街道，

我的灵车将要行进,你们也将步履艰辛地随行。
不是一个人跟不上送葬的人群,
那第一锹泥土将撞击灵柩盖发出响声。
终于将要得到解脱了啊——
那自私的、孤独的梦。

新谢世的贵夫人玛丽娜,从今以后
任什么东西也不再需求。

1916 年 4 月 11 日

复活节第一天

3(5)

在被彼得遗弃的京城上空,①
滚动着雷鸣般的钟声。

在被你遗弃的美人儿的头顶,
响遍行云的声浪喧腾。

---

① 1712 年彼得大帝从莫斯科迁都彼得堡。

彼得大帝和您,沙皇啊,备受称颂!
然而,沙皇们,高于你们的却是洪钟。

只要它们从晴空中发出轰鸣——
莫斯科就该受到人们的尊崇。

莫斯科的教堂多得出众,
它们一起嘲笑着沙皇们的骄横!

1916 年 5 月 28 日

4(9)

一串串花楸果,
着火一般红艳。
树叶纷纷飘落,
我降生到人间。

洪钟有上百口,

扯着嗓门争辩。①
今天礼拜六——
使徒圣约翰。②

一直到今儿个，
我照样儿喜欢——
咀嚼红花楸果，
苦涩的一串串。

1916 年 8 月 16 日

———————

① 1934 年诗人曾就"洪钟有上百口,扯着嗓门争辩"
这两行诗中的动词"争辩"写道:"……本来可以写成'颂
赞',可以写成'重演',不,还是写成'争辩',争夺我的灵魂,
我的灵魂**所有的人**都可以得到,但是**任何人**也得不到(所有
的**神**和任何一个**教堂**!)。"

② 基督的门徒之一。据基督教历,他的纪念日 9 月 26
日适逢玛丽娜·茨维塔耶娃诞生日。

玛格达·纳赫曼为玛·茨维塔耶娃
画的肖像

失　眠*

1

失眠给我的眼睛
画上了阴影的圆环。
失眠给我的眼睛
编织了阴影的桂冠。

倒也是！每天夜里
不要向偶像祈祷！
偶像崇拜的女人，
我已经泄露了你的隐密。

---

　　* 在茨维塔耶娃早期的诗作中，时常表现失眠的主
题，《失眠》这组诗共十一首，其中第3—10首是受到尼·普
卢采尔-萨尔纳(1881-1945)启发创作的，后者从1915年春
天起便成了茨维塔耶娃的至交，并曾在她生活极端困难时刻
给予她多方面照顾。

你——还嫌不够——无论是白天，
还是太阳的光焰！

面色苍白的女人，戴上
我的一对指环！
你呼唤——却唤来了
阴影的桂冠。

你是不是很少——把我——召唤？
你是不是很少——与我——共眠？

你要躺下，面容轻松，
人们在膜拜顶礼。
我，失眠，将是你
吟诵圣诗的仆役：

——睡吧，你将得到安息，
睡吧，你将得到赐予，
睡吧，你将得到桂冠，
妇女。

为了你能——更容易——入睡，
我将成为——你的——歌手：

——睡吧，不得安宁的
可爱的女友，
睡吧，可爱的珍珠，
睡吧，失眠的女友。

不论我们给谁写信，
不论我与你向谁信誓旦旦……
为自己睡吧。

形影不离的人们
就这样终于分手。
你那双可爱的手臂
就这样垂下。
可爱的受难的女友
就这样你就不必再把苦难忍受。

长眠——神圣。

人人都要——谢世。

阴影的桂冠——已经消逝。

1916 年 4 月 8 日

2

我爱亲吻

双手,也爱

给人们命名,

也还爱把房门

大开!

——向着夜色幽冥!

双手抱着头颅,

倾听着,沉重的脚步声

在什么地方变得轻盈阵阵,

风儿摇曳着

似睡非睡的

森林。

唉,夜啊!
什么地方泉水潺潺,
我很想——入梦。
我几乎入眠。
深夜在什么地方
有人溺水沉淹。

1916 年 5 月 27 日

3

我的雄伟的城市里——夜已深沉。
我离开沉睡中的家——步出柴门。
人们的心里牵挂着——妻女亲人,
萦回我脑际的只是——夜已深沉。

七月的熏风为我扫清——路径,
何处的窗口轻飏着——乐声。
啊,这会儿,直到黎明——熏风
穿透薄薄的胸壁吹进——胸中。

黑杨婷婷,窗子里亮着——灯火,

钟楼上钟声回荡,手握——花朵,

听这脚步——前方并无——行者,

瞧这影子,我却恍惚——失落。

有如一串串金项链——束束灯光,

嘴里咀嚼夜间的树叶——阵阵清香。

朋友们,请让我解脱——白昼奔忙,

你们会梦见我的——请多体谅。

1916 年 7 月 17 日

莫斯科

4

经过不眠的夜晚浑身软弱,

身躯可爱,但非属于自己——也不属于他人。

在舒缓的血管里箭矢穿心酸痛——

像六翼天使,你笑脸迎人。

经过不眠的夜晚双手酸软,

而且不论是仇敌还是友朋毫不牵挂。
在每一次偶然的声响中是一片彩虹，
而且在严寒中蓦地想起佛罗伦萨。

嘴唇温柔而光鲜，深陷的眼圈
阴影更加金灿灿。这是夜晚
点燃了这异常光辉的容貌，——
只有我们的眼睛由于黑夜变得昏暗。

1916 年 7 月 19 日

5

我这会儿是上天派来的宾朋，
下凡来到了你的国境。
我看到了森林的失眠，
也看到了田野的睡梦。

何处的马蹄半夜深更
把草地爆炸得隆隆。
在沉睡的牛棚里，

奶牛在叹息，心情沉重。

我惆怅地讲给你听，
但是却充满了柔情，——
讲一讲酣睡的鹅群，
还有一只鹅在守更。

一双手埋在狗毛之中。
狗的毛色雪白洁净。
接着，临近六点了，
曙光从东方冉冉上升。

1916 年 7 月 20 日

6

今夜我独自一人在夜里——
一个无眠的孤苦伶仃的修女！——
今夜我拥有钥匙
把无与伦比的首都所有大门开启！

失眠催我上路，

——噢，我的朦胧的克里姆林宫，你啊多么清秀！

今夜我亲吻胸膛——

那战火纷飞的地球！

竖起的不是头发——而是兽毛，

滚热的风儿直透灵魂。

今夜我怜悯所有的人，——

有人值得怜悯，有人值得亲吻。

1916 年 8 月 1 日

7

松树上是什么鸟儿发出

温柔的温柔的、纤细的纤细的歌声。

在睡梦中我看见了

一个黑眼睛的娇婴。

幼小的红松上

滚热的树脂在滴落。

在我的美妙的夜晚就这样
锯齿在我的心上拉过。

1916 年 8 月 8 日

8

乌黑得有如瞳孔,有如瞳孔
把光线尽收——我爱你,机警的夜啊冥冥。

让我放声把你歌唱,啊,诗歌的祖宗,
普天之下都握在你的手心之中。

我只是一只贝壳,我把你呼唤,把你赞颂,——
贝壳里的海洋还不曾平静。

夜啊! 我已经看够了人的瞳孔!
把我烧成灰烬吧,黑色的太阳——夜啊冥冥!

1916 年 8 月 9 日

9

夜里有谁在睡觉？任谁也没有睡眠！
婴儿在他的摇篮里哭喊，
老年人坐以待毙，
年轻男子与相爱的女孩絮语，
对着她的眼睛凝视，对着嘴唇呼吸。

一旦入睡——在这里是否还会梦回？
我们来得及、来得及、来得及入睡！

机警的守夜人挨家挨户
走过，手提着粉红色的灯笼，
响亮的梆子以细碎的声响
在枕边轰鸣：

不要睡！要忍着！我是好言相劝！
否则——就会永眠！否则——便是永久的家园！

1916 年 12 月 12 日

10

瞧啊,又是一扇窗棂,
窗子里人们还没有入梦。
也许是在悠闲地坐着,
也许把酒的兴致正浓。
或许压根儿无法分开——
两人的臂膀水乳交融。
朋友,每一户人家里,
都有这样一扇窗棂。

你,这深更半夜的窗棂,
是离别和相逢的呼喊声!
也许有上百支蜡烛点燃着,
也许只有三支蜡烛照明……
我的心境永远、
永远也得不到安宁。
在我的家里出现的——
也是这般的情景。

祈祷吧,朋友,为了那没有入睡的家庭,
为了那灯火通明的窗棂!

1916 年 12 月 23 日

11①

失眠! 我的朋友!
在无声却又冷风嗖嗖
夜晚,我又一次
迎来了你那只
递过来酒杯的手。

——沉迷吧!
请抿一口!
我带领你不想高飞,
只想沉入

---

① 这首诗是写给俄国作曲家斯克里亚宾(1871 / 72-
1915)的夫人 T. Φ. 施廖策尔的,当时她已孀居,因苦于失眠
而于 1922 年早逝。

鸿沟……

双唇沾一沾酒！

小鸽子！朋友！

请抿一口！

沉迷吧！

干了这杯酒！

对于一切激情——

要无动于衷，

对于一切信息——

要处之泰然。

——女朋友！——

赐予吧。

启开你的双唇！

要用你那双唇的全部温柔

把那雕花的酒杯的杯口

噙住——

吮吸吧，

痛饮吧：

——不要这样！——

不要见怪！噢朋友！

沉迷吧！

干了这杯酒！

在一切激情中——

最为热情的朋友,在一切死亡之中——

最为温柔的朋友……沉迷吧！

从我这手中干了这杯酒！

没有消息的世界已经隐退。在某处——

大水漫过堤岸……

——痛饮吧,我的小燕子！在水底

溶化的珍珠串串……

你在痛饮大海,

你在痛饮晨曦,

与任何一位情人痛饮

堪与你我

——孩子——

相比?

若是有人来问(我会怂恿!)

为什么说,容颜不够明媚,——

我与失眠共醉,你就说,

我与失眠共醉……

1921 年 5 月

献给勃洛克的诗*

1

你的名字是捧在手心里的小鸟，

你的名字是含在舌头上的冰凌，

是双唇微微的张翕。

你的名字是由五个字母缀成。

是在碧空中接住的小球儿，

是衔在口中的银铃。

是石头投进静谧的池塘之中，

---

* 茨维塔耶娃的女儿阿利娅在对她母亲的回忆录里
有一节写"勃洛克晚会"中说："我们离家的时候，虽然已是
傍晚，但天气还亮。玛丽娜对我说，亚历山大·勃洛克是
一位像普希金一样伟大的诗人……"她在童年的笔记中说，
"勃洛克在玛丽娜·茨维塔耶娃的生活中是惟一的诗人，她
不是把他看成是'弦的手艺'的弟兄，而是把他看成是诗歌
之神，而且像对神一样顶礼膜拜。"

是呼唤你的时候那样悲哽，

是深夜里马蹄的轻微的嗒嗒声里

你的清脆的名字在轰鸣，

是呼唤着你的名字——

犹如扳机对准我们的太阳穴清脆响声。

你的名字，——噢，呼唤它万万不能！——

你的名字是对双眸的亲吻，

是纹丝不动的眼帘的温柔的寒冷，

你的名字是对白雪的亲吻。

是凛冽的蔚蓝色的清泉，

心里装着你的名字——深沉啊睡梦。

1916 年 4 月 15 日

2

温柔的幻影，

骑士无可诟病，

是谁让你闯进

我年轻的生命？

在灰濛濛的暮霭中
你伫立着
着一袭雪白的披风。

不是和风
驱赶我游荡全城。
噢,我感受到仇敌,
已经三个夜晚冥冥。

蔚蓝色眼睛——
白雪一般的诗人
使我感受到灾祸重重。

雪白的天鹅
在我脚下铺就了羽绒,
羽绒在飞舞,
悠扬地把白雪化成。

就这样,踏着羽绒
我向门口走去,

大门后面便是殒命。

他在为我歌咏，
在蔚蓝色窗棂后面，
他在为我歌咏，
婉如远方的银铃声，

他在召唤，
像悠长的喊声，
像天鹅的嘤鸣。

可爱的幻影！
我知道，一切全是我的梦魂。
发发慈悲吧：
阿门，阿门消散吧！
阿门。

                    1916 年 5 月 1 日

3

你向太阳西沉的方向走去，
你看到晚霞的光辉熠熠。
你向太阳西沉的方向走去，
暴风雪掩埋了你的足迹。

冷漠的人，你从我的窗前走过，
在寂静的雪地里徜徉，
我的壮美的上帝的虔诚者，
你是我的灵魂的静谧的光芒！

我不会艳羡你的灵魂！
你的路途不可摧毁。
我不会把我的钉子钉进
你那被吻得苍白的手背。

我不会呼唤你的名字，
也不会把双臂向你敞开。
对着蜡黄的神圣的容颜

我只能从远方顶礼膜拜。

冒着徐徐飘落的雪花站立，
我在雪地里屈膝跪下，
为了你的圣洁的名字
我亲吻黄昏时分飘落的雪花——

在那里，你迈着豪迈的步伐，
走在白雪覆盖的僻静地带，
静谧的光芒——荣耀的圣者——
我心灵的主宰。

                              1916 年 5 月 2 日

                4

野兽需要穴居，
朝圣者需要通衢，
死者需要棺椁，
各人有各人的所需。

女人需要矫揉造作，
沙皇需要治国，
我需要的是
把你的名字讴歌。

1916 年 5 月 2 日

5

在我的莫斯科——圆顶在闪烁，
在我的莫斯科——洪钟在鸣响，
在我那里停放着一排排棺椁，——
棺椁里长眠着皇后和沙皇。

你并不知道，在克里姆林宫黎明时分，
比起整个大地上，呼吸得更轻松！
你并不知道，在克里姆林宫晚霞来临，
我为你祈祷——直到黎明。

你漫步在自己的涅瓦河畔，
那时候我正伫立在莫斯科河岸，

在胸前低垂着头颅，
一盏盏路灯困倦得睁不开睡眼。

我爱你，彻夜无梦，
我听你的倾诉彻夜难眠——
这时候在整个克里姆林宫里，
敲钟人正在睁开惺忪的睡眼⋯⋯

然而我的河流与你的河流，
然而我的手臂与你的手臂
难以汇合，我的欢乐啊，
直到晚霞追赶上晨曦。

1916 年 5 月 7 日

6

大家都认为他是个奇人！
然而却逼迫他致死，
如今他死了。永世死了。
——哭泣吧，为死去的天使！

在太阳落山的时分，
他在讴歌黄昏绚丽的景致。
三支烛光在摇曳，
寄托着迷信的悲思。

他浑身放射着光芒——
炽热的心弦洒向雪地。
三支蜡烛的光芒——
迎着太阳！迎着发光的物体！

噢,看看吧——多么深啊,
那黑魆魆的眼睑深陷！
噢,看看吧——多么惨啊,
他的翅膀已经被折断！

黑衣僧侣在诵读经卷,
闲散的人们在踯躅……
——死去的诗人安息在那里,
正在为复活而庆祝。

1916 年 5 月 9 日

7

或许,在那片森林后边
是我曾经住过的乡间。
或许,与我期待的那样相比,
爱情更加轻松和简单。

唉,死了算了你们,笨蛋! ——
驭手欠起身子,扬起马鞭。
紧随一声吆喝——狂抽一下,
手是铃铛又在咏叹。

在无精打采的凄厉的庄稼上空
掠过一根又一根电线杆。
在天穹下电缆线在吟咏,
一次又一次把死亡咏叹。

1916 年 5 月 13 日

8

那一群群牛虻围绕着无精打采的老马飞旋，

那卡卢加家乡红色土布迎风招展，

那天穹寥廓，鹌鹑在啼啭，

那钟声的波浪在麦田浪涛上空翻滚，

那有关德国人的传说，至今听得不曾厌倦，

那黄灿灿黄灿灿的十字架耸立在蓝色树林后边，

那暑热令人惬意，处处光芒灿烂，

还有你那名字，听起来有如天使一般。

1916 年 5 月 18 日

9

犹如一缕微光穿透地狱般黑魆魆的昏暗——
在爆破的炮弹的轰隆隆声中你的声音在回旋。

犹如一位六翼天使在轰隆隆声中，
扯着低沉的嗓子向世人宣称，——

来自远古的雾霭蒙蒙的早晨——
你是那么热爱我们,这些无知无名的人们,

因为蓝色的斗篷,因为背信弃义的罪恶……
比所有的人更温柔——比所有的人更深沉

在那消失得无影无踪的黑夜——为了豪迈的事业!
而且它**没有**失去对你的爱,俄罗斯。

顺着鬓角——惘然若失的手指
一直在移来移去……而且还在昭示,

什么样的岁月等待着我们,上帝怎样欺凌,
你是如何呼唤太阳——而且它如何**不再**上升……

于是作为一个同你在一起的囚犯
(或许是婴儿的梦呓连番?),

出现在我们的面前——整个辽阔的广场! ——
是亚历山大·勃洛克的圣洁的心灵。

1920 年 5 月 9 日

亚·勃洛克,1921 年

10

瞧啊，这就是他——在异国他乡已经疲惫，
首领却没有侍卫。

瞧啊，——他从山中激流掬一口水消渴——
王侯却没有山河。

在那里他应有尽有：有领地，有慈母，
有粮食，还有队伍。

他的遗产非常丰厚——且去拥有，
朋友却没有朋友！

1921 年 8 月 15 日

11

他的朋友们——不要让他受到惊吓！
他的仆人们——不要让他受到惊吓！

他的脸色显示得那样明确：
我的王国不是来自这个世界。

凶多吉少的暴风雪沿着血管周旋，
佝偻的双肩已经被翅膀压弯，
好像天鹅，你把自己的灵魂
投入到第一个透孔，投入到凝固的火焰！

降落吧，降落吧，沉重的青铜！
翅膀已经领略过权利：翱翔！
呼唤过"回答"的双唇知道！——
在这个世界上没有死亡！

畅饮晨曦，畅饮大海，纵情
畅饮——在永世命定长存的世界里
不必举行安魂仪式！
保证他丰衣足食——足以！

1921 年 8 月 15 日

12

在那平原的上空——

天鹅在嘤鸣。

母亲,难道你没有认出儿子?

那是他来自九霄云外的郊野,

那是他——最后一次话语——诀别。

在那平原的上空——

是不祥的霜雪狂风。

姑娘,难道你没认出情郎?

衣衫褴褛,浴血羽翼……

那是他最后一次叮咛——活下去!

在那妖魔的平原上空——

是光辉的飞腾。

遵守教规者夺走了灵魂——和散那!①

流放犯获得了睡床和温馨。

---

① 和散那,古犹太教徒和基督教徒颂扬上帝或祈福之词。

弃儿回到母亲的家园。——阿门。

1921 年 8 月 15–25 日之间

13

不是肋骨变得骨折——
而是翅膀被折断。

不是枪手把胸膛射穿，
而是没有取出这颗子弹。

翅膀没有治愈。
是残疾人在蹒跚。

荆棘之冠缠绵、缠绵！
庶民何以为死者激动心颤。

女人如天鹅绒般轻柔的谄媚……
他走了，孤独而又冷淡，

无目之雕像一片空泛，
使黄昏变得清冷漠然。

在他身上只有一样生气勃勃：
那就是翅膀被折断。

1921 年 8 月 15–25 日之间

14

既没有召唤，也没有言语，——
仿佛工人从屋顶上失足跌落。
你再次到来，也许，
正在摇篮里独卧？

光芒在燃烧，在不停地闪闪。
不久前的一颗巨星灿灿……
是哪一位普普通通的妇人
正在摇晃着你的摇篮？

无限幸福的负荷！

未卜先知的吟咏的芦苇！
噢，谁能告诉我，
你在哪一个摇篮里安睡？

"暂且他别让人出卖！"
只是脑海里怀着嫉妒，
我走遍俄罗斯的大地，
踏上伟大的巡回查访之路。

从一个终点到另一个终点
我要走遍北方的国土。
他那嘴唇的伤痕，
还有那青灰色的眸子在何处？

抱住他！紧紧地抱住！
只是要爱他！爱他！
噢，谁能悄声告诉我，
你在哪个摇篮里安家？

一颗颗珍珠，
梦幻般轻纱帐幕。

不是月桂,而是黑刺李子——
投向睡帽尖齿般的阴影稀疏。

不是帷幕,而是小鸟儿
张开一双雪白的翅膀!
——于是重新诞生,
为了让暴风雪再次飞扬?

用力抓住他!高高地举起!
只是不要把他交出去!
噢,谁能向我提个醒儿,
你睡在哪一个摇篮里?

也许,我的功迹虚拟,
我的辛劳——枉费心机,
仿佛埋入泥土,也许,
——你会睡到号角吹起。

我再一次看到——
你那深深塌陷的双鬓。
即便是号角也难把他唤醒——

如此深深的疲困!

浩瀚的牧场,
可靠的生锈的寂静的福地,
更夫向我指点,
你睡在哪一个摇篮里。

1921 年 11 月 22 日

15

犹如沉睡的人,犹如醉汉,
猝不及防,毫无准备。
两侧太阳穴深深凹陷:
良心没有沉睡。

一对空洞的眼窝:
死气沉沉但却光彩熠熠。
那爱做梦的人,那洞察一切的人,
他们的空灵的玻璃。

难道不正是你吗

在从冥土峡谷返回的时刻，

经受不住——

她那披风窸窣作响的诱惑？①

难道不正是这颗头颅

充盈着这银铃般的音响，

沿着沉睡的赫布罗斯河②

随波流淌？

1921 年 11 月 25 日

---

① 俄耳甫斯娶欧律狄刻为妻，但是其妻被毒蛇咬伤致死。为找回妻子，俄耳甫斯到冥界，并用音乐感动了冥界女王佩耳塞福涅。她允许俄耳甫斯带回妻子，但在出冥界之前不能回头。然而俄耳甫斯由于爱妻心切，还没有走到地面他就回头一望，因而永远失去了妻子。

② 据神话传说，俄耳甫斯死后，司文艺女神把他被撕碎的尸体收集在一起，埋葬在利伯特拉，只有他的头和肝脏被迈娜得斯扔到赫布罗斯河里，由河漂入大海，一直流到了勒斯玻斯。

16

就这样，上帝！请把我那
奥波尔收下，用以修建庙堂。①
我不是赞美我的爱情如愿——
而是悲歌我的祖国的创伤。

不是守财奴的生锈的钱柜——
而是被膝盖磨穿的花岗岩！
英雄和沙皇为百姓献身，
遵守教规者——歌手——和老年人也做出了贡献。

罗斯在第涅伯河上摧毁寒冰，
不会为棺木而感到拘谨。
在复活节的时候它向你汹涌，
汇成千万人欢呼一般的春讯。

就这样，心儿，哭泣吧，赞美吧！
让生死之恋忌妒

---

① 奥波尔，古雅典的小银币。

你的哀号——它已有千百次？——

而另一种爱情却为合唱而欢呼。

1921 年 12 月 2 日

致阿赫马托娃 *

1(1)

啊,哀歌的缪斯,缪斯中最美的女神!

你啊,这白夜的肆无忌惮的精魂!

你使残虐的暴风雪降到了俄罗斯,

你的哀号像冷箭穿透了我们的身心。

我们急忙地闪开,向你宣誓啊——

那千百万声深沉的喟叹!

安娜·阿赫马托娃! ——这名字就是一声

高亢的叹息,——它沉入了无名的深渊。

------

* 组诗共十三首,其中第 10 首未完成。选译一首。
茨维塔耶娃早期对阿赫马托娃的创作评价很高,但是后来于
1940 年读了她的全部作品后却改变了看法。她们两人惟一
一次会见是 1941 年 6 月在莫斯科,但却没有得到互相理解。
肖斯塔科维奇曾为此诗谱曲。

安娜·阿赫马托娃,1914 年

我们受到加冕——因为我们脚踏着
同一片土地,因为我们头顶着同一片蓝天!
那由于你的不共戴天的命运而受伤的人,
已经永垂不朽地躺在灵床上长眠。

在我的歌声缭绕的城市里教堂圆顶闪闪发光,
漂泊的盲人唱着圣歌赞美救世主,逐户挨门……
——我把我的钟声长鸣的城市赠送给你,
阿赫马托娃!——还有我这颗心。

1916 年 6 月 19 日

苍白的太阳和低沉的、低沉的乌云，*

在白墙那边，挨着菜园是一片丘坟。

沙地上的吊架下，竖立着

一排一人来高的稻草人。

隔着篱笆桩我翘首仔细瞧——

瞧见大路、树林、大兵乱糟糟。

一位年迈的农妇靠在围墙门旁，

不停地嚼着撒上粗盐的黑面包……

这些灰暗的农舍为什么把你冲撞，

上帝啊！——又为什么射穿那么多人的胸膛？

一列火车呼啸而过，大兵们也在号叫，

开过去的道路上浓烟滚滚，尘土飞扬……

---

　　* 这首诗写于茨维塔耶娃的家乡亚历山德罗夫，当时
正是 1916 年士兵们上前线打仗，在她居住的房子前边，庭院
的那边有一块场地，士兵们正在练习射击。

不,死了算了! 与其为思念黑眉毛的美人儿
如此凄惨地哀号,莫如压根儿不曾落地。
哎,大兵们这会儿还在唱呢!
啊,我的慈悲的上帝啊上帝!

1916 年 7 月 3 日

亚历山德罗夫镇，
修道院景色

我要从所有的大地，从所有的天国夺回你，

因为我的摇篮是森林，森林也是墓地，

因为我站立在大地上——只用一条腿，

因为没有任何人能够像我这样歌唱你。

我要从所有的时代，从所有的黑夜那里，

从所有的金色的旗帜下，从所有的宝剑下夺回你，

我要把钥匙扔掉，把狗从石级上赶跑——

因为在大地上的黑夜里我比狗更忠贞不渝。

我要从所有其他人那里——从那个女人那里夺回你，

你不会做任谁的新郎，我也不会做任谁的娇妻，

从黑夜与雅各处在一起的那个人身边，①

我要决一雌雄把你带走——你要屏住气息！

---

① 据圣经传说，雅各曾与上帝角力，为此而得到祝福。
此处指从上帝那里。

但是在我还没有把你的双手交叉放在胸前——①
啊,真该诅咒! ——你先独自留在那里:
你的两只翅膀已经指向太空跃跃欲飞,——
因为你的摇篮是世界,世界也是墓地!

1916 年 8 月 15 日

---

① 按俄罗斯人风俗,人死后将双手交叉放在胸前。

纳塔利娅·贡恰罗娃

是幸福还是悲哀——

贡恰罗娃

压根儿什么也不知道，

她生就两道长长的眉毛，

无论对谁都不会冷漠。

身着雍容华贵的海龙皮斗篷自在逍遥，

她恣意使普希金心烦意乱，

但却千古流芳，家喻户晓。

是一场梦还是不可饶恕的罪过——

她一生像丝绸，像毛绒，像毛皮，

她听不见掷地有声的诗，

她额头没有皱纹，过得无忧无虑。

如果有忧愁——就咬住嘴唇，

而然后，到棺材里

去回忆——兰斯科伊。①

1916 年 11 月 11 日

---

① "是幸福还是悲哀……"这首诗写的是普希金的妻子纳塔利娅·贡恰罗娃(1812–1863),普希金死后她嫁给了兰斯科伊将军。茨维塔耶娃还写过一篇关于女画家的散文《纳塔利娅·贡恰罗娃》。

玛丽娜·茨维塔耶娃,谢尔盖·埃夫龙,
阿利娅,科克捷别里,1916 年

……我想和您生活在一起，

在一座小城市里，

那里钟声长鸣，

那里永恒黄昏和煦。

在乡村的小旅馆里——

古老的时钟发出尖细的响声，

——仿佛时间的涓滴。

有的时候，每当夜晚，从某一座顶楼里——

传来长笛乐声。

而且长笛手就坐在窗子里。

窗子上摆着硕大的郁金香。

您也许根本就不想把我爱呢……

房间中央有一座壁炉砌着瓷砖，

每块瓷砖上都画着一幅画：

玫瑰——心儿——帆船——

而在惟——一个窗口——

堆积着残雪、残雪、残雪一片。

您会躺下——我喜欢您这样：慵懒，

心平气和，无所挂牵。

偶尔听到火柴发出

刺耳的一声。

香烟熄灭又点燃。

烟头上的灰烬久久地颤抖，

仿佛短短的灰柱一般。

您甚至懒得将它弹掉——

索性整支香烟飞入火焰。

1916 年 12 月 10 日

1917–1920

同我们一起宿夜的亲爱的旅伴！

旅途一程又一程，黑面包又硬又干……

吉卜赛人的大篷车马啸人欢，

江水迎面而来滚滚——

浪卷……

啊，富有吉卜赛情调的、美丽如画的朝霞满天——

你们可记得清晨的微风和银色的草原？

还有山峰上的翠岚

和那颂扬吉卜赛头人的歌声——

柔婉……

漆黑的夜晚，古老的树冠在头顶上高悬，

我们向你们献上像夜一般壮美的儿男，

像夜一般赤贫的儿男……

夜莺在啼啭——

礼赞。

那贫乏的安逸和菲薄的酒宴

无法留住你们——美妙时光的旅伴。

一堆堆篝火升腾着熊熊的火焰，

我们的地毯上陨星源源——

飞溅……

1917 年 1 月 29 日

唐　璜[*]

1(1)

在凛冽的清晨时刻，

在教堂附近的角落，

在第六棵白桦树下，

唐璜，请您等着我！

唉，我向您发誓，凭着性命，

凭着未婚夫的身份，——

在我的家乡故里，

没有地方可以亲吻。

---

[*] 唐璜是中世纪西班牙传说中的青年贵族，欧洲许多文学作品中的主人公。最初以否定宗教的禁欲道德的形象出现，后来发展为极端个人主义者的典型。他被视为仗着自己的财势，以结婚为手段，到处玩弄女性的花花公子。

组诗共六首，选译三首。

我们家乡没有喷泉，
水井已经结成冰凌，
无论何处的圣母，
都有一双严厉的眼睛。

为了让美人儿们没有可能——
听到我们的骂俏打情，
教堂震耳欲聋的钟声，
在我们的家乡昼夜长鸣。

我倒真想好好过活，
不过我怕老得失掉魅力，
况且我的家乡并不适合
您这位美男子的心意。

唉，唐璜，假若不是凭着
您的那一双嘴唇，——
您穿着那身熊皮袄，
简直叫人难以辨认！

1917 年 2 月 19 日

2(2)

晨曦矇眬的时光，
暴风雪哭了很长时间，
人们把唐璜停放
在冰天雪地床铺上面。

既没有哗哗的喷泉，
也没有炽热的星光……
只有东正教的十字架①
放在唐璜的胸脯上。

为了让永恒的夜晚
使你感到更美满，
我给你带来一把
塞维利亚黑色折扇。②

① 俄国人信奉东正教。
② 塞维利亚，西班牙城市。

101

为了让你亲眼看见

女人的月貌花容，

今夜我要向你奉献

一颗纯朴的心灵。

暂且——请您安静地入眠！……

从那遥远的异国他乡

您来到我这里。您的名单①

已经写得满满当当，唐璜！

1917 年 2 月 19 日

3(4)

正好——夜半。

月亮——如鹰鼻鹞眼。

"你看——什么？"

"随便——看看。"

---

① 这里指的是唐璜玩弄女性后所记的名单。

“喜欢我吗?”——“不想。”

“认识我吗?”——“说不准。”

“我是唐璜。”

“我是卡门。”①

1917 年 2 月 22 日

---

① 卡门(又译嘉尔曼)是法国作家梅里美的中篇小说《卡门》的女主人公,她是一个吉卜赛女郎,酷爱自由。在爱情中独立不羁,宁死不肯受男子的约束,表现了个性解放的强烈要求。

斯坚卡·拉辛[*]

1

风儿同金色的夕阳去睡眠，

夜晚即将来临——恰似一座石山，

狂躁的首领正在歇闲，

南国的公爵小姐为他作伴。

两只胳膊搂着丰腴的酥肩，

---

[*] 斯杰潘（爱称斯坚卡）·拉辛（约 1630-1671）是俄国农民起义的首领，后被沙皇处死。茨维塔耶娃所感兴趣的，不是历史上的拉辛，而是他在著名的民歌中的形象。茨维塔耶娃在谈到与拉辛式的红军战士会见时写道："……我的拉辛是（民歌中的）浅色头发的男子，——一头浅棕红毛发的男子……再说这个词本身：斯杰潘！干草，禾秸，草原。难道有黑色的斯杰潘吗？而拉——辛！曙光，春汛，——打击，拉辛！"诗人在"斯杰潘·拉辛"姓名之后列举的词，不仅读音与前者相近，而且意思也相近。

组诗共三首。

他仰着额头，听得神往情专，——

他那闷热的帐顶上面，

夜莺的歌喉千啼百啭。

1917 年 4 月 22 日

2

伏尔加河上——夜色弥漫，

伏尔加河上——睡梦正酣，

如花似锦的地毯铺好了，

同黑眉毛的波斯公爵小姐，

首领躺在了地毯上面。

既望不见星光，也听不到涛声，——

但见一片漆黑，船桨摇曳！

首领的船儿驶进黑夜里，

载着有罪的美丽的波斯小姐。

于是夜神听到了

这般的低诉——

"怎么，你不愿意吗？
挨得紧一点儿——我们的被褥。
在我们俄国娘们儿堆里，
你可称得上一颗明珠！
怎么，我就这样让人害怕？
我一辈子都是你的奴仆，
波斯美人啊！
可爱的女俘！"

而她——却紧锁着双眉，
眉毛长而又浓，
而她——却低垂着眼睑，
一双波斯女人的眼睛。
随后从她的口中
只发出一声叹息：
"贾勒-埃丁！"

伏尔加河上——殷红的霞光，
伏尔加河上——幸福的天堂。

斯坚卡·拉辛

一群醉醺醺的哥萨克高声嚷嚷：
"首领啊，快点儿吧——起床！"

够了，同狼心狗肺的婆娘睡大觉！
瞧啊，美人儿的眼圈都哭红了！

而她却像死人一样呆板。
嘴唇咬得血迹斑斑。——
首领的浓眉也拧成了一团。

"你既然不肯同我们的被褥亲热——
那就去同我们的圣水盘亲热吧，妖婆！"

天空——晴明如镜，
河底——黑咕隆咚。
船尾上丢下一只
小鞋儿——血红。

斯杰潘站在那里——有如橡树般雄威，
斯杰潘脸色煞白——甚至白到两片嘴。
他趔趔趄趄，摇摇晃晃。——"哎，我浑身发软！

108

快扶我一把,没良心的东西,——我两眼发黑!"

这就是你的波斯美人儿的全部,
那可爱的女俘。

1917 年 4 月 25 日

3
(拉辛的梦)

拉辛做了一个梦——
仿佛一只白鹭在悲啼。
拉辛梦见有一种动静——
像似银光闪闪的水珠儿滴沥。

拉辛梦见了河床——
花团锦簇,有如一方地毯。
还梦见了一张面庞——
那淡忘了的、黑眉毛的粉脸。

好像圣母,她端坐在那里,

用珍珠把项链串成。
他想上前同她搭上一句，
但见两片嘴唇翕动……

他感到一阵要命的窒息——
简直就像胸口扎满了玻璃碎片。
像一个无精打采的卫士，踱来踱去，
只是一层玻璃帐幕隔在两人中间。

舵手驾驭着朝霞
顺着伏尔加河而下。
"你为什么搞得咱家
只穿着一只鞋袜？

"谁会喜欢一个美丽的少女
穿着单只小鞋走来走去？
亲爱的朋友，我前来找你，
为的是把另一只鞋索取！"

手镯儿铮铮——铮铮——铮铮——铮铮，

似乎在申明：

"你啊,斯杰潘的幸福,沉入了河中!"

1917 年 5 月 8 日

吻一吻额角——会消除烦恼。
我亲吻了额角。

吻一吻双眼——会排遣失眠。
我亲吻了双眼。

吻一吻嘴唇——像一口冷饮。
我亲吻了嘴唇。

吻一吻额角——让记忆烟消。
我亲吻了额角。

1917 年 6 月 5 日

吉卜赛人的婚礼

马蹄下——
尘埃飞花!
脸儿前
如盾一般的面纱。
新人们去了,
媒人啊,请你们尽情玩耍!
嗨,奔腾吧!
长鬃毛的骏马!

爹和娘
不许我们放浪——
整个儿草原
便是我们的婚床!

酒未沾唇人已醉,饭未入口腹已胀——
这是吉卜赛人的婚礼太匆忙!

杯酒满斟。

一饮而尽。

乱弹的吉他,月光,灰尘。

大摇大摆地扭动着腰身——

吉卜赛人当上了新郎!①

新郎是吉卜赛人!

哎呀,主人,当心——酒多伤身!

这是吉卜赛人的婚礼在豪饮!

在那儿,在那堆儿

披巾和皮袄上——

嘴唇吮咂声,

刀剑碰撞,

马刺铿锵,

项链儿和应。

谁人的手下,丝绸衣裳——

吱的一声。

谁人号叫如狼,

---

① "新郎"这个词俄文本意是"公爵"。

阿尔弗雷德·德奥当,《塞维利亚王宫花园查理五世
亭前的一场吉卜赛舞蹈》(1851)

谁人鼾声大作，一如牛鸣。

这是吉卜赛人的婚礼进入梦境。

1917 年 6 月 25 日

我们把一百普特的关怀

装载在善良的骆驼的背部，

将要出发——骆驼骄傲但却和蔼——

荷载着难以胜任的重负。

骆驼的躯体承受着超重的负荷，

幻想着尼罗河——为一片水而欣喜若狂……

一如主人和上帝吩咐要背负着

自己的十字架——像上帝那样，像骆驼那样。

沙漠的朝霞金光耀眼，

骆驼要害病，商人们要卜课：

善良的、恭顺的骆驼突然

患的是什么病，怎样得的？

然而没有流露出一丝哀求的目光——

虽然嘴唇火烧火燎——依然远征，

直到神赐给的地方——在山脊上方，
隆起一座高大的驼峰。

1917 年 9 月 14 日

我讲给你一件弥天骗术：
我讲给你一件雾霭怎样笼罩
古老的树墩和幼小的树木。
我讲给你一件在低矮的房屋里
如何熄灭灯火，犹如——埃及国家的外来人——
吉卜赛人在树下是怎样吹着细小的木笛。

我讲给你一件弥天大谎：
我讲给你一件刀子是怎样
握在狭长的手里，世纪的风是怎样
吹得少年的鬓发和老年人的胡须飘扬。

世纪的轰鸣。
马掌的声响。

1918 年 6 月 4 日

我是你笔下的一张纸。

我要把一切吸收。我是白纸一张。

我是为你保管财产的一名寒士，

我要使它们百倍增加，百倍归偿。

我是一座村庄，是黑色的沃土。

你是我的雨露和阳光。

你是我的**上帝**和**君主**，

而我，是一片黑土和白纸一张。

1918 年 7 月 10 日

宛若左右两只膀臂——*
你我两条心连在一起。

我们俩在一起幸福而又温暖，
宛若左右两只翅膀紧密相连。

然而一旦旋风骤起——万丈深渊
便会突然横在左右两翼中间！

1918 年 7 月 10 日

---

* 据 1939 年茨维塔耶娃笔记记载，她认为这是她早年优秀诗作之一。

像星星，像玫瑰，生长出诗，*

像美——不为家庭所需，

而对于婚礼和封神仪式——

一个回答——这东西我到哪里寻觅？

上帝的四叶的客人从石板缝隙

在我们睡眠的当儿突然出现。

---

* 这首诗的第五和第六两句是由茨维塔耶娃的女儿阿利娅记载的一段事引起的："那是温馨的一天，我同玛丽娜去散步……顶上是一座大教堂……我突然发现，在我脚下生长着三叶草。在小台阶前那里平整地铺着古老的石头。每块石头都由三叶草镶着深色的框框……我……开始……寻觅四叶草……我突然找到了它……我跑到玛丽娜跟前，把我的所获献给了她……她对我表示感谢并把它夹在笔记本里变干。"

阿·埃夫龙在她的回忆录中引用这首诗时写道：诗中出现了"从前在优美的庞然大物'菲利小镇波科罗夫'的山脚下寻找到的那株……象征幸福的、四片叶子的三叶草的幼芽"。

玛·茨维塔耶娃和女儿
阿里阿德娜,1924 年

世界啊,你可知道!星星的规律

和小花儿的公式为歌手梦中发见。

                      1918 年 8 月 14 日

假如心灵生就一双翅膀——
那它又何必需要府邸或茅屋！
又何必担心成吉思汗或匪帮！
我在人世间有两个仇敌悬殊，
两个难解难分的孪生的孽障——
饱汉脑满肠肥，饿汉饥肠辘辘！

1918 年 8 月 18 日

凡是别人不要的——请都拿给我！
一切都应当付与我的一把火！
我既呼唤生命，我也呼唤死亡——
作为献给我的火的祭礼——微薄。

对微薄的东西火焰非常喜欢——
去岁的干枯树枝、花环、语言。
有了这样的养料，火焰熊熊！
待你们站立起来——比灰烬更纯洁白粲！

我是**凤凰**，只在火中歌咏！
请你们爱护我的崇高的生命！
我巍峨地燃烧——烧得干干净净！
你们会过上一个清夜——光明！

寒冰的篝火是火焰的喷泉！
我的高大的身躯屹立巍然，

我是一个**交谈者**和**继承人**——
我要保持我的显达的头衔!

1918 年 9 月 2 日

眼　睛

看惯了草原的——眼睛，
流惯了泪水的——眼睛，
绿色的——带咸味的——
庄稼汉的眼睛！

我若是一个普通的农妇该多荣幸——
若是停下脚步,总会给看个不停——
还是这些——快活的——
绿色的眼睛！

我若是一个普通的农妇该多荣幸——
我会用手遮住太阳的光明，
我会摇晃着手——我会默不作声——
垂下来一双眼睛。

玛丽娜·茨维塔耶娃的女儿阿利娅和伊丽娜，
1918–1919 年

一个挑着担子的货郎从旁而行……
在僧侣的方巾下睡梦正浓——
那宁静的——草原上的——
庄稼汉的眼睛。

看惯了草原的——眼睛，
流惯了泪水的——眼睛……
看见了什么——从不表露——
那庄稼汉的眼睛！

1918 年 9 月 9 日

斗　篷

1(8)

我告别了英格兰浓雾弥漫的海岸……*

——巴丘什科夫

"我告别了英格兰浓雾弥漫的海岸……"

那奇异的云霄！那奇异的哀怜！

我望着那晦暗的汹涌澎湃的海面，

和那我异常熟悉的晦暗的苍天。

---

* 　献词和诗的头一句引自俄国诗人康·巴丘什科夫
(1787–1855) 的悲歌《友人的影子》(1814)，诗是为纪念诗人
的一位在莱比锡城下"人民的战斗"中牺牲的友人而创
作的。

茨维塔耶娃似乎是将巴丘什科夫的悲歌加以"改写"，
纪念为希腊自由而献身的拜伦之死的。

我看见一个如梦一般美妙的少年，

他披着斗篷紧紧贴着热爱自由的桅杆。

啊,哭泣吧,少女们,哭泣吧!

哭吧,英勇精神! 哭吧,浓雾弥漫的英格兰!

糟糕了! 他独自伫立在天水之间!

这可是对你的磨难,啊,你这仇视磨难的铁汉!

那不祥的诸风的主宰者埃俄罗斯,[①]

闯入你那被星星穿透了的不祥的心田。

而那晦暗的海涛的隆隆声汇成了一部诗篇——

叙述他怎样被星星打上烙印,怎样命赴黄泉……

哭泣吧,青春! 哭泣吧,爱情! 哭泣吧,安宁!

　　号啕吧,埃拉多斯,[②]

哭泣吧,心肝儿艾达! 哭泣吧,浓雾弥漫的

---

① 据希腊神话传说,埃俄罗斯是诸风的主宰者,埃俄利亚岛的统治者,俄底修斯曾漂泊到此岛,受到埃俄罗斯款待,离别时,他的船被埃俄罗斯下令顺风将船帆鼓满。但俄底修斯的伙伴违反埃俄罗斯的禁令,将装有各种风的风袋解开,诸风立即涌出,刮得帆船迷失了方向,又回到了埃俄利亚岛。

② 埃拉多斯,古时希腊的别名。

英格兰！①

1918 年 10 月 30 日

2(9)

我记起十一月末一个晚上，夜阑人静。
烟雨蒙蒙。路灯的冷光照明
您那温柔的面容——难以琢磨而又古怪，
像狄更斯一样——阴沉而又痴呆，
像冬天的大海，让人胸口感到寒冷。
——路灯的冷光照明您那温柔的面容。

微风习习，楼梯盘旋上升……
紧盯着您的嘴唇——我那双眼睛，
我偷偷地笑着，是那样百依百顺，
就像一个小**缪斯**站在左近，
天真无邪——如同此刻夜深人静——
微风习习，楼梯盘旋上升。

----

① 艾达，拜伦的女儿。

托马斯·菲利普斯,《拜伦像》

艾达像

从那疲倦的眼睑下面，

一连串令人疑惑的希望射入我的心间，

那目光扫了一下我的嘴唇，一掠而过……

就这样，那六翼的天使备受折磨，

披着神秘圣洁的衣裳，把**安宁**迷恋，

从那疲倦的眼睑下面。

今天依然是狄更斯式的夜晚。

依然是烟雨蒙蒙，无论对我，还是对您依然

无补于事，——那烟囱依然浓烟滚滚，

那楼梯依然盘旋上升，——依然是那嘴唇——

依然是那脚步声，不过已经匆匆回返——

回到那里——回到何处——回到狄更斯式的夜晚。

1918 年 11 月 2 日

丑　角*

1(22)

太阳只有一个,可它走遍了大小城镇。

太阳是我的。我不会把它给予任何人。

那怕是片刻,一刹那,转瞬。永远不会给予
　任何人。

即便是所有城镇在永不更迭的长夜里自焚!

我要把它控制住! 免得它胆敢旋转飞奔!

---

*　组诗共二十五首,是茨维塔耶娃与艺术剧院(后为
瓦赫坦戈夫剧院)创作室年轻演员们的友谊的折射。她为
剧院创作了许多浪漫主义的诗剧,组诗《丑角》《献给索涅奇
卡的诗》(1919),以及后来写的散文《索涅奇卡的故事》
(1937)等。《丑角》是献给导演尤·亚·扎瓦茨基(1894-
1977)的。

即便是我会把双手、嘴唇、心脏化为灰烬！

它将在永恒的夜晚陨落——我会跟踪追寻……
我的太阳啊！我决不会把你给予任何人！

1919 年 2 月

致一百年以后的你*

作为一个命定长逝的人，

我从九泉之下亲笔

写给在我谢世一百年以后，

　　降临到人世间的你——

"朋友！不要把我寻觅！物换星移！

即便年长者也都早已把我忘记。

我够不着亲吻！隔着忘川①

　　把我的双手伸过去。

---

* 茨维塔耶娃在 1919 年笔记中记载："昨天一整天都在思考一百年后这件事，于是为此写了几行诗。这些诗行已经写就——诗将发表。"1924 年在一封信里又说："而且——主要的——我深知一百年以后人们将会多么爱我！（阅读——什么!）"这首诗还有另一种版本，这里译的是诗人 1940 年的定稿。

① 据古希腊神话传说，地府有一条河，死者的阴魂饮了河水便会忘却人世间的一切。

139

我望着你那宛若两团篝火的明眸，

它们照耀着我的坟茔——那座地狱，

注视着手臂不能动弹的伊人——

　　她一百年前已经死去。

我手里握着我的诗作——

几乎变成了一抔尘埃！我看到你

风尘仆仆,寻觅我诞生的寓所——

　　或许我逝世的府邸。

你鄙夷地望着迎面而来的欢笑的女子,

我感到荣幸,同时谛听着你的话语:

'一群招摇撞骗的女子！你们全是死人！

　　活着的惟有她自己！

'我曾经心甘情愿地为她效劳！一切秘密

我全了解,还有她珍藏的戒指珠光宝气！

这帮子掠夺死者的女人！——这些指环

　　全都是窃自她那里！'

尼·尼·维舍斯拉夫采夫为玛丽娜·茨维
塔耶娃画的肖像

啊,我那成百枚戒指! 我真心疼,①
我还头一次这样地感到惋惜,——
那么多戒指让我随随便便赠给了人,
　　只因为不曾遇到你!

我还感到悲哀的是,直到今天黄昏——
我久久地追随西沉的太阳的踪迹,——
经历了整整的一百年啊,
　　我才最终迎来了你!

我敢打赌,你准会出言不逊——
冲着我那帮伙伴们的阴森的墓地:
'你们都说得动听! 可谁也不曾
　　送她一件粉色罗衣!

'有谁比她更无私?!'——不,我可私心很重!
既然不会杀我,——隐讳大可不必——
我曾经向所有的人乞求书信——

①　茨维塔耶娃确实很喜欢赠人戒指,她在诗歌和散文中不止一次提到此事。

好在夜晚相亲相昵！

说不说呢？——我说！无生本是一种假定。

如今在客人当中你对我最多情多意，

你拒绝了所有情人中的天姿国色——

　　　只为伊人那骸骨些许。"

1919 年 8 月

我在青石板上挥毫,

在褪了色的扇面上泼墨,

在河滩和海岸上白描,

用冰刀在冰上,用戒指在玻璃上铭刻,——

---

* 这首诗是玛丽娜·茨维塔耶娃献给丈夫谢·埃即谢尔盖·埃夫龙(1893-1941)的。他早年参加了白军,溃败后流亡捷克;1922年茨维塔耶娃携女阿利娅离开苏联去投奔丈夫。后来埃夫龙在国外参加了苏联的一些情报活动并于1937年回国,阿利娅已先期归国,1939年茨维塔耶娃携子穆尔亦返回苏联。但不久阿利娅与埃夫龙先后被捕,杳无音信。

1940年诗人在编选诗集时曾将"我在青石板上挥毫……"一诗作为开卷篇收入其中,在个人家庭的悲惨的遭遇下,诗人以这种隐晦的方式将此选集献给了丈夫,这充分表现了她的良苦用心和难言之隐。据研究者推断,从技巧的娴熟,风格的洗练,语言的深邃上来讲,此诗当属1940年之作。本诗的第二节,作者曾有四十余种不同草稿,可谓精雕细镂。

在经历过千百个严冬的树干上留题，

最后，——为了让天下人大白！——

我爱你！我爱你！我爱你！我爱你！——

我大书特书——挥洒经天的虹彩。

我多么希望每个人都能永远

同我形影相随！白头偕老！

可是后来，我把额头抵着书案，

把那名字狠心地一笔勾销……

然而你，却被我这个无行的文人[1]

攥在手心里！你呀咬噬着我的心田！

你没有被我出卖！在戒指**背面**永存！[2]

你完好无损地珍藏在我的心间。

1920 年 5 月 18 日

---

[1] "你"指丈夫的名字：谢·埃。

[2] 妻子的结婚戒指背面镌刻有丈夫的名字和婚期。

我被钉在……

1

我被钉在古老的斯拉夫人
良心的耻辱柱上，
心中犹如毒蛇在咬，前额打着烙印，
我敢断定，我是一个无罪的女人。

我敢断定，犹如一个领圣餐者
在领圣餐仪式之前我的内心温和。
为了追求幸福，我站在广场上
伸手乞讨——那不是我的罪过。

请你仔细翻看我的全部财富，
请你告诉我——或许我是一个盲女人？——
我的黄金在哪里？我的白银在何处？
在我手中——只有一抔灰烬。

这就是我向幸运的人们

谄媚地、哀求地乞讨的一切。

这便是我所拥有的全部，

带在身边前往默默亲吻的疆界。

2

我虽然被钉在耻辱柱上，

可是我还是要表白，你为我所爱。

没有任何一位母亲——在内心之间——

会这样把自己的孩子相看。

我不想为疲于奔命的你

立刻去死，而是要慢慢死去，

你不理解，——我的话语苍白无力！——

对于我来说，耻辱柱实在是儿戏！

如果说团队把军旗交付给我，

而你手里拿着另一面旗帜，

突然出现在我的眼前——

我的手会僵若柱石,而把旗帜抛掷……
于是把这最后的荣誉践踏,——
低于青草,低于你的足趾。

你的手把我钉在耻辱柱上——
犹如草地上一株小白桦树,

这根柱子呈现在我的面前,那不是人声鼎沸——
而是一群鸽子大清早歌喉百啭……
我已经把一切都交出去了,可这根柱子
我不会交出——为了鲁昂的鲜红的光环!①

3

你想要这个。——好吧。——哈利路亚。
我亲吻那只手——它把我痛打,

我把推我到胸前的那只手搂在胸前,
好让你吃惊,听一听——寂静萧然。

---

① 这是指的是圣女贞德(1412–1431)。

以便在以后,怀着心平气和的微笑神采:
——我的孩子成为听话的乖乖!

已经不是第一天,而是万代千秋
修女——冰冷到炙热的——那只手! ——

把你搂到我的胸口——
啊,埃洛伊兹! ——阿伯拉尔的手!①

犹如圣坛上的雷霆——好让你把我打得命丧黄泉!
你啊那支犹如白色闪电般扬起的马鞭!

1920 年 5 月 19 日

---

① 埃洛伊兹和阿伯拉尔在欧洲文学中是悲剧性爱情的象征。

有的人是石头雕成,有的人是泥塑——
而我却银光闪闪,光辉四射!
我的事情是叛逆,我的名字叫玛丽娜,①
我是大海里的转瞬即逝的浪花。

有的人是泥塑,有的人是血肉之躯——
他们需要棺椁和墓碑……
——我在大海的圣水盘里受洗礼——
而在飞翔中不断地被粉碎!

我的一意孤行冲破——
每一张网,每一副心肝,
你可看见我那轻佻的鬈发?
你不会把我变成大地的盐。②

----

① 玛丽娜,拉丁文语义为"大海的"。
② 俄语中"盐"用转义为"最优秀分子、最杰出的人物"。

我被你那花岗岩一般的膝盖撞得粉碎，
随着每一朵浪花我将复活！
大海上高高腾起的浪花！
浪花万岁——浪花快乐。

1920 年 5 月 23 日

两首歌

1

谁若是以分离为手段，
那他就像一堆冷却的篝火！
一个浪头把他推上岸，
另一个浪头把他吞没。

我，一个不是在母腹中，
而是在大海深渊孕育的女性，
难道要像奴婢忍气吞声——
追随在爱人的身后爬行！

你要把整个地球鲸吞，
亲爱的朋友，像咬苹果那样！
当你同大海深渊谈心，
那就是正在同我倾吐衷肠。

像生活在陆地上的女孩子一样，
不是在母腹，而是在大海深渊
孕育出来的姑娘
不会把双手交叉放在胸前！①

不，**我们的**姑娘们不会悲伤，
不会写信，也不会盼望信息！
不，即使没有渔具和拖网，
我也要重新下海捕鱼！

不是在母腹，而是在大海深渊
孕育出来的一个女性，
只有我独自个儿还不熟谙——
我的曲调啊威力无穷。

也许有一天，你站立在船上，
凝眸望着海上的涟漪，——
"我爱过一个大海孕育的姑娘！

---

① 此处意为不会寻求短见。

大海的女儿已经沉入了海底!"

不是在母腹,而是在大海深渊
孕育出来的女儿啊!
海底的珊瑚树上面,
正是你呀化作银光闪闪的枝桠。

                    1920 年 6 月 13 日

2

昨天你还含情脉脉地望着我,
今天却一下子变成了冤家!
昨天你还一直坐着听鸟儿唱歌,——
今天云雀全都变成了乌鸦!

我是一个蠢女人,你却聪明绝顶,
你像生龙活虎,我却呆若木鸡。
啊,古往今来的女人的呼号声——
"我亲爱的,我什么地方对不起你?"

眼泪对她如同水,血也同水一样,
她浸透了鲜血,浸透了眼泪!
爱情不是亲妈,而是后娘——
不要企求公正,不要指望慈悲。

帆船把心上的人儿带往天边,
白茫茫的道路把他们引向异地……
沿着整个陆地哀号声动地惊天——
"我亲爱的,我什么地方对不起你?!"

昨天你还跪在我的床头!
把我比作中华大邦,强盛不可侵犯!
可你却一下子松开了两只手,——
生命丧失了——像一枚生锈的铜钱!

我像站在法庭上的一个溺婴者——
既不让人觉得可爱,又缺乏勇气。
就是到地狱里我也要对你说——
"我亲爱的,我什么地方对不起你?!"

我询问床铺,我询问桌椅——

"为什么我要忍气吞声、贫病交加?"
"他吻完了你——又毁了你,
他又去吻别的女人。"它们这样回答。

你已经让我过惯了烈火般的生活,
却又把我抛到了荒野的冰天雪地!
这就是**你**做的好事啊,亲爱的,为了我。
我亲爱的,我什么地方对不起你?

我全都清楚了——你不必再辩解!
既然不再是恋人——就又会心明眼亮!
爱情从什么地方退却,
死神园丁就会进攻什么地方。

何必去把那果树摇曳!
熟透的苹果到时候自然会落地……
——宽恕我的一切的一切
对不起你的地方,我亲爱的!

1920 年 6 月 14 日

在我滴落泪珠的地方，
明天玫瑰将会绽放。
我编织过花边儿，
明天我将编织成网。

我不要大海，我要整个穹苍，
我不要大海，我要整个大地。
不是捕鱼人的普通鱼网——
而是我的诗歌大网。

1920 年 6 月 15 日

人世间的名字

水杯在难以忍受的口渴的瞬间：
把水给我——不然我会必死无疑！——
固执地——有气无力地——娇滴滴地——
仿佛在酷热中抱怨——

我一直在重复——而且
一次比一次更加凶残——
犹如在黑暗中非常想睡——
可是怎么也不能成眠。

仿佛由于千奇百怪的恐惧，
草地上催眠的青草是那样稀奇。
固执地——毫无意义地——重复地——
仿佛婴儿咿呀学语……

随着每一瞬间越发无与伦比，

一条皮带把喉咙勒紧……

如果在这里,总体来讲,出现人世间的名字,——

问题并非在于此身。

1920 年 6 月 16–25 日之间

1921–1922. 3

门 生*

说一说——我在思索什么？

雨中——披着同一件斗篷，

夜里——披着同一件斗篷，

              然后，

棺材里——披着同一件斗篷。

1

做你的一个淡黄色头发的男孩儿，——

噢，经历所有的岁月！——

披一件门生的粗布斗篷，在你那落满灰尘的

紫袍后面追踪跋涉。

----

* 组诗《门生》是献给谢·沃尔康斯基（1860–1937）的；他是戏剧活动家，作家，帝国剧院经理，十二月党人沃尔康斯基的孙子。茨维塔耶娃虽然爱他，但他却是一个同性恋者。

穿过整个密集的人群
捕捉你那令人振奋的叹息——
那斗篷便是灵魂，因为你的呼吸而生存，
恰似那微风习习。

用肩膀挤开群氓开道，
比大卫王获得更大的全胜。
躲开一切悔辱，躲开人间的一切气恼，
作为你的一件斗篷。

作为一个正在沉睡的门生中间
即便在睡梦中也不睡觉的人。
在群氓举起第一块石头之下。
我已经不是斗篷——而是甲盾！

（噢，这首诗已经不由自主地中断！
刀子过于锋锐！）
……于是——勇敢地微笑着——第一个
登上你那火堆。

1921 年 4 月 15 日

有的时候……

——丘特切夫 *

2

有的时候——恰似被遗弃的包裹：
会把自己的傲气收敛。
在当门生的时候——在每种生活中
他都会庄严而又不可避免。

当上天给我们指定的人的脚下
放下武器的崇高的时机，
在海滩上我们
脱掉军人的紫袍，换上驼色的皮衣。

噢，这个时候，由于任性的岁月
而高昂的声音鼓舞我们去建立功勋！

---

* 引自俄国诗人费·丘特切夫（1803-1873）的短诗
《幻影》。

噢,这个时候,犹如成熟的麦穗,
我们由于自身的沉重而弯下腰身。

麦穗已经长成,快乐的时刻已经敲响,
麦穗已经渴望投入磨盘。
法则! 法则! 早在泥土里已经孕育
我所梦寐以求的羁绊。

在当门生的时刻! 我们已经看破
另一个世界,——朝霞还在燃烧。
最高的孤独的时刻——
紧跟未来的你对他来讲极为美好!

1921 年 4 月 15 日

3

傍晚的太阳——
比正午的太阳更辉煌。
暴烈却不温和——
那正午的太阳。

谢·米·沃尔康斯基,索·舒莫夫摄

入夜之前的太阳

更冷漠和更和煦。

它历尽沧桑——却不愿意

在我们面前炫鬻。

帝王自己的愚蠢——

令人感到惊骇，

傍晚的太阳——

唱颂歌的人更为珍爱！

每天傍晚

被黑暗折磨的

傍晚的太阳——

决不会低首向着群氓……

被推翻王位的人

要把福玻斯想一想！①

---

① 福玻斯，阿波罗的别名之一，即太阳神。

被推翻的人——不会望着
山谷——而是望着上苍!

噢,不要在邻近的
钟楼上逗留!
我想要做你的
最后的钟楼。

                    1921 年 4 月 16 日

              4

白昼的重负掉落
低于波浪。
永恒的两个人悄悄地
爬上山冈。

拥挤不堪——肩膀挨着肩膀——
默默地起立。
在同一件斗篷之下——
两个人的呼吸在飘移。

明天的和昨天的

沉睡的战争的元首,

默默地站立着,

仿佛两座黑色的塔楼。

默默地站立着,比蛇更聪明,

比鸽子更温顺。

——我们在上天的父,把我们带回去吧!

融入你的生命,我们在上天的父!

上帝军队的硝烟

弥漫整个苍天,

斗篷在战斗,因为

两个人的呼吸而震撼。

目光闪现着忌妒,

在祈祷,在怨怒……

——我们在上天的父,把我们带进黄昏。

融入你的黑夜,我们在上天的父!

荒漠在呼吸，

庆祝黑夜的莅临。

犹如熟透的果实，

沉重地降落：——**子孙**！……

在自家的肮脏的草房

人群已经销声。

在金色的山冈上

两个人——一片宁静……

1921 年 4 月 19 日

5

那个时光奇妙而充实，

犹如古老的往事。

我记得——肩挨肩——朝着山冈，

我记得——我们款步而上……

奔腾的溪流的絮语
与斗篷美妙地交织在一起，
难于排遣的浪花
让斗篷从肩膀上落下。

一直往上，一直往上——
高处是最后的一抹金光。
那梦境的声音：**朝霞**
迎着**晚霞**。

1921 年 4 月 21 日

6

号角的全部壮丽——
不过是小草的絮语——
面对着你。

暴风雨的全部壮丽——
不过是小鸟的悲啼——
面对着你。

翅膀的全部壮丽——
不过是眼睑的战栗——
面对着你。

1921 年 4 月 23 日

7

走过那圆圆的、黑黑的山冈，
顶着那强烈的、灰暗的阳光，
穿着那怯懦的、轻柔的便靴——
追随那鲜红的、褴褛的斗篷。

走过那缠绵的、赤褐色沙漠苍茫，
顶着那灼热的、醉人的阳光，
穿着那怯懦的、轻柔的便靴——
追随那——步步紧跟——斗篷。

涉过那凶猛的、澎湃的波浪，
顶着那愤怒的、古老的阳光，

穿着那怯懦的、轻柔的便靴——
追随那说谎的、说谎的斗篷。

1921 年 4 月 25 日

第一轮太阳

啊,第一个额头上方的第一轮太阳!
还有亚当这一双又大又圆的明眸——
径直瞄准着这轮太阳,
一如黑乎乎的双筒炮口。

啊,第一次忌妒,啊,第一滴蛇的毒汁——
隐藏在左边的胸口之下!
那紧紧盯着中天的谛视——
亚当直勾勾地望着夏娃!

啊,我的**醋劲儿**,啊,**忌妒**——
那高傲的心灵的生就的创伤!
啊,我那让所有亚当黯然失色的**丈夫**——
古代人们的长着翅膀的太阳!

1921 年 5 月 10 日

175

眼　睛[*]

两团火光！——不,两面明镜!
不,两种沉痛的心情!
两个天使般的圆孔,
两个烧焦的黑洞——

两面用冰结成的明镜,
相隔万里的对面的大厅,
从人行道的大理石板上
冒出的烟苗滚滚升腾。

火焰和黑暗！可怕的眼睛!
两个黑乎乎的深坑。
在医院里睡不着觉的孩子

----

* 这首诗是献给先为象征派后转为阿克梅派的诗人
米·库兹明(1875–1936)的。

康斯坦丁·索莫夫,《米哈伊尔·库兹明像》(1909)

会吓得——"妈妈!"大叫一声!

啊,阿门,恐惧和责备的神情……
傲慢的示意欢迎……
在冷若冰霜的老实人上方——
两个黑魆魆的令名。①

可要知道,江河会倒转奔腾,
石板也会铭记在心中!
放射着巨大的光芒,
它们会一次又一次地上升——

那两轮太阳,两个孔洞,
——不,两颗金刚石晶莹!——
那地下深渊的明镜——
两只要命的眼睛。

1921 年 7 月 2 日

---

① 这一隐喻表示库兹明有很高的声誉。

青　春

1

我的青春啊！我的视同陌路的
青春！我的不成对的单只鞋！
人们眯缝起红肿的双眼，
随便撕掉了日历一页又一页。

从你那全部的猎物里边，
沉思的缪斯不曾索取什么。
我的青春啊！——我不会回首呼唤。
你是我的累赘和负荷。

你在夜里用梳子梳理好青丝，
你在夜里把箭矢磨得飞快。
你的慷慨让我窒息，有如砾石，
我为别人把过失担待。

我提前把王笏归还给你——
难道心里想吃什么美味珍馐?
我的青春啊! 我的时乖运蹇的
青春! 我的一块红艳艳的布头!

1921 年 11 月 18 日

2

从一个少女一下子变成了巫婆!
青春啊! 让我们在前夜告别。
让我们在寒风里站立片刻。
我的黧黑的青春! 请你把姐妹慰藉!

让你的深红色的裙子闪烁光芒,
我的青春啊,我的黧黑的小鹑鸽!
我的心灵的贪得的欲望!
我的青春啊! 跳舞吧,安慰安慰我!

挥舞起你那蔚蓝色的披肩，

我的放肆的青春啊！我们两个

已经放肆够了！——跳吧，来个沸反盈天！

我的金子般的青春！——别了，我的琥珀！

我不是无缘故地握着你的手，

像同情人一样，我同你别离。

从内心深处迸裂出来的——

我的青春啊！——去吧，投到别人怀里！

1921 年 11 月 20 日

黎明时分……[*]

黎明时分——血脉最是迟缓，
黎明时分——寂静最是明显。
灵魂与安于现状的肉体离异，
鸟儿向骨制的笼子提出分居，

眼睛凝视着——最是望不尽的天涯，
耳朵聆听着——最是听不清的谈话……
心儿追想着——最是隐秘的关系……
恶魔为被打败的伊戈尔哭泣。

1922 年 2 月 18 日

---

* 这首诗是描写史诗《伊戈尔远征记》的形象的。

维克托·瓦斯涅佐夫,《伊戈尔·斯维亚托
斯拉维奇与波洛夫人血战后》(1880)

1922. 6–1925

尘世的特征[*]

1(2)

去为自己把可信赖的女友寻觅，
她们不会把神奇化为平淡无奇。
我知道维纳斯是一件手工，
作为一个匠人，手艺我也博通——

从庄严肃穆的寂静，

---

[*]　组诗共八首，选译一首。这首诗表现的是茨维塔耶娃作品中多次出现的关于两种爱的思想——以维纳斯、夏娃、荷马的海伦为化身的尘世的爱和以普绪赫为化身的精神的爱。她在 1923 年的一封信里写道："……肉体（我们个人兴趣的僻好）是极残忍的。普绪赫（看不见的）之所以为我们永恒地爱，是因为爱我们心里**缺席的东西**的——只有灵魂！我们以普绪赫来爱普绪赫，我们爱斯巴达王的海伦……却差不多用手——我们的眼睛和手从不想让她的眼睛和手丝毫地偏离开美的理念的线条。普绪赫不会受到审判——清楚吧？海伦却**不断地**站在审判官面前。"

到灵魂得到彻底矫正,——
我熟悉上帝的整个天梯——
从我开始呼吸直到不许喘息!

1922 年 6 月 18 日

电报线 *

> 心灵的浪涛不会掀起得那么
> 高，而且也不会变成**精灵**，如果在
> 它的路上没有出现古老的寂静的
> 悬崖——命运。①

1（4）

专横的乡间！

电报线！

------

*　组诗共十首，选译五首；是献给前苏联著名诗人
鲍·帕斯捷尔纳克（1890-1960）的。帕斯捷尔纳克于1921年
由于对茨维塔耶娃的诗集《里程碑》的强烈感受而开始与她
通信。他对她的创作终生表示赞赏，并有数首诗献给她。有
人认为他们的这种炽热的友谊是"柏拉图式的爱情"。
①　引自德国古典浪漫派诗人荷尔德林（1770-1843）的
小说《许佩里翁，或希腊的隐士》（1797-1799），引文略有出
入——是"生活的浪涛"。

我的——高尚的——渴慕的呼声

从腹腔里喷出——赋予春风！

这是我的心儿迸发的韵律——

就好像那带有磁性的火星。

——"是韵律还是尺度？"然而偶数①

在向旋转的测度复仇！ ——呼啸声，

飞奔吧，——在韵律的——

呆板的——伪证的上空！

嘘……可是假如你（到处

都有电报线和电线杆？）

绞尽脑汁突然醒悟——

这些难以启齿的语言

不过是误入歧途的夜莺的呻吟——

"失掉了心上人儿世界就会贫乏！"

---

① "韵律"和"尺度"这两个词的俄文只差一个字母，
读音相近。

因为它爱——上了你手里的竖琴，

因为它爱——上了你口中的莱伊拉！

1923 年 3 月 20 日

2(5)

我不是女魔法师！顿河远方的白书

使我的目光变得锐利！

无论你在哪里——我都要跟踪追逐，

就是历尽万苦千辛——也要把你捉拿回去。

因为出于高傲，犹如从雪松上

我环顾世界，航船在摇摇摆摆，

朝霞在奔腾……即使要倒海翻江——

我也要从水底把你打捞上来！

你就让我受尽苦难吧！我无所不在——

我是面包和叹息，我是黎明和矿藏，

只要我一息尚存，我就要尽快

得到嘴唇——犹如上帝要得到灵魂一样，——

当你捯气的时候——我要吹一口法气，

我要越过天使长的法庭的栅栏！——

我要把所有的嘴唇刺得鲜血淋漓，

然后再从灵床上使你起死复元！

降服吧！这绝不是童话神乎其神！

"降服吧！"箭矢迂回之后你就休想解脱……①

"降服吧！"还不曾有一个人

摆脱掉不动手的追捕者，——②

吹一口法气……（胸脯已然起落，

眼睛还看不见,嘴唇像云母一样惨白……）

我是一个未卜先知的女人——我会瞒过

撒母耳——单枪匹马归来,——③

---

① 意即中的。

② 意即非实际的而是精神上的追捕者。

③ 据圣经神话传说,撒母耳是先知。他死后,在非利士人与以色人交战中,扫罗王见非利士军容鼎盛,胆怯震惊,于是找一个巫婆以法术召来撒母耳的幽灵,先知预言以色列必将全军覆灭。

鲍·列·帕斯捷尔纳克

因为有别的女人陪伴着你；然而末日到来，①

人们就不会再去争个高低……

我苟延残喘。

只要我一息尚存，我就要尽快

得到灵魂——犹如一个使嘴唇安宁的女人

要得到嘴唇一般……

1923 年 3 月 25 日

3(6)

有时候沙皇在上天②

与圣餐到一起团聚。

（有时候我走下高山）——

---

① 即"末日审判"。据圣经神话传说，"世界末日"到
来之后，上帝会审判一切人和事；天使们将用号角召唤所有
的活人和死人前来受审。

② 这里指的是"天上闪耀着的星星"，诗人把它们比作
星相家之王来向庆贺诞辰的耶稣基督顶礼膜拜。

山与山便开始知悉。

心愿与心愿凑到了一起。

命运与命运贴近了——没有薄幸！

（有时候我看不清楚手臂。）

心灵与心灵却开始看得分明。

1923 年 3 月 25 日

4(7)

当我那心爱的弟兄

经过那最后一株榆树的时候，

那泪珠儿硕大——大过眼睛，

（大过排成行列的挥手）。

当我那心爱的友朋

把那最后一座海岬绕过

（长过那内心里"回来吧！"的叹息声），

挥手颀长——长过胳膊。

好比胳膊——随后——与肩膀分离！

好比嘴唇随后——嘟囔着念咒！

话语失去了声息，

手掌失去了指头。

当我的心爱的客人……

——上帝啊，请你看一看我们！——

那泪珠儿硕大——大过人的眼睛，

大过太平洋上空

那星星……

1923 年 3 月 26 日

5(8)

要忍耐，犹如把岩石敲击，

要忍耐，犹如坐以待毙，

要忍耐，犹如消息成熟，

要忍耐，犹如心怀复仇——

我将等待你（手指交叉在一起——

196

姘头就这样等待着女王），

要忍耐,犹如等待韵律,

要忍耐,犹如折磨着手臂。

我将等待你(往九泉——看上一眼,

牙齿和嘴唇。破伤风,鹅卵石)。

要忍耐,犹如把安逸拖延,

要忍耐,犹如把珍珠串联。

雪橇滑过的吱吱声,门扇回响的吱吱声:

原始森林的风暴轰隆隆声。

圣旨传到:——沙皇改朝换代,

显赫的贵族进入宫廷。

于是回家吧:

非人间的——

而是我的家。

1923 年 3 月 27 日

贝　壳

从虚伪和罪恶的麻风病医院别离，
我把你呼唤，把你带进晨曦！

摆脱墓园般死寂的噩梦——
带你到两只手掌之中，

贝壳一般的手掌——赶快成熟，
在这双手掌中你会变成珍珠！

噢，无论是教长还是波斯国王都不能够
为贝壳的隐秘的欢乐和恐惧付以报酬……

任何一些美人儿都非常高傲，
她们在接触你的隐秘那一分秒，

犹如那双不会占有你的双手
贝壳隐秘的穹窿一样

都不会把你占有……快快进入睡魔！
我的忧愁的秘密的欢乐，

睡吧！我遮蔽住海洋和陆地，
像贝壳一样拥抱着你：

从左边到右边,从额头到脚底——
贝壳似的摇篮的屋宇拥抱你。

心灵不会把你让给白昼！
在消解每一次苦难的时候，

对它抑制和安抚……犹如干净的手掌
把潜藏的雷霆爱抚和冻僵，

爱抚而又增大……噢,要知道！噢,请看！
你会变成一颗珍珠从这深渊中出现，

你会涌现！第一句话便是：不错！
贝壳备受苦难的胸膛变得宽阔——

噢，快快敞开大门！——
母亲的每一次尝试都会恰如其分，

都正是时候……只要你废除囚禁，
代之的是你要把整个大海尽情痛饮！

1923 年 7 月 31 日

布拉格骑士[*]

骑士啊,守护着

大河的骑士——

脸色苍白的哨兵,

保卫着时代的波涛汹涌。

警戒着分离的

岗哨的卫兵,

(啊,在河水里我能否看到

卿卿我我的世间情景?!)

互换戒指,海誓山盟……

---

[*] 这首诗写的是捷克人民传奇英雄布伦茨维克骑士
的雕像,它耸立在伏尔塔瓦河沿岸布拉格查理大桥附近。据
传说,布伦茨维克即指国王普舍美斯二世,他曾为巩固捷克
王国做出很大的贡献。茨维塔耶娃认为"布拉格骑士"的面
孔与她相像,多年来一直念念不忘。

可是,四百多个年头当中,
我们有多少人啊,
投河自尽坠石般扑腾一声!

投河——无人干涉。
玫瑰般的水花——飞溅喷涌!
你抛弃了我——我便投河!
这就是对你的报应!

只要我们还有激情,
我们就不会心灰意冷——
要利用桥头报仇雪恨。
你们可要一展雄风,

翅膀啊! ——投入水藻,
投入浪花——犹如投入锦衾之中!
如今我再也不会
为过桥支付分文费用。①

———————————

① 按捷克人的古老传统,从前过桥要支付钱。

布伦茨维克骑士雕像

"从这座不吉利的桥头

往下跳——你可要勇猛!"

布拉格骑士啊,

我的身量可与你相同。

守护着时代的

大河的骑士啊,

河底下是苦痛,

还是甜蜜——你看得最清。

1923 年 9 月 27 日

你爱我用真实的虚伪——
爱我也用虚伪的真理，
你爱我爱到山穷水尽！
爱我爱到他乡异域！

爱我爱到天长地久，
挥一挥右手！永别！——
你再也不会爱我，从今以后：
这一真理是千真万确。

1923 年 12 月 12 日

两　个 *

1(1)

在这个世界上有些诗韵——

你若把他们拆散——世界就会惶惶。

荷马啊,你是一个盲人。

夜——在你眉宇隆起的地方,

夜——是你的行吟诗人的披风衣饰,

夜——在眸子里——犹如帷幔。

海伦和阿喀琉斯

---

* 　原稿中曾有献词:"给我的一年五季、第六感觉和四维空间的弟兄——鲍里斯·帕斯捷尔纳克。"

组诗共三首,选译两首。

莫非是被有眼睛的人所拆散?①

海伦。阿喀琉斯。
这声音叫起来更协韵。
是的,与混乱对峙,
世界在和谐中立身,

但是如果它被离分,
它就会复仇(要在协调上建立!)
因为妻子们的不贞
而复仇——也因为十万火急的特洛伊!

行吟诗人啊,你是一个盲人——
你把财宝当成破烂抛弃。
在**那个**世界上——有些诗韵
经过选择。你若是把他们分离,

----

① 美丽的海伦,特洛伊战争的罪魁祸首,和阿喀琉斯,
最伟大的希腊英雄之一,在许多以特洛伊为情节的故事中彼
此从未相遇。

这个世界就会毁灭。韵律

还有什么用处？你会衰老,海伦!

……阿喀琉斯是一个好夫婿!

斯巴达的最甜蜜的女人![1]

但听香桃木树的飒飒声,

还有基法拉琴的梦呓娓娓:

"海伦——阿喀琉斯——

是不和谐的一对。"

1924 年 6 月 30 日

2(2)

在这个世界上万万不可

强者同强者结成姻缘。

西格弗里德同布仑希尔德就这样错过,

---

[1] 指美丽的海伦,她的故乡是斯巴达。

解决婚姻之事却要操戈弄剑。①

弟兄间结成联盟的仇恨难遏——
悬崖压倒悬崖,像水牛相拼一般!
他离开婚床走了,没有被识破,
她,不知真情的女人,曾与他共枕同眠。②

有先有后! ——甚至在婚床上——
有先有后! ——即使协力同心——
有先有后! ——从这话的双重意义来讲——
迟了和有先有后——这就是我们的婚姻!

然而还有更为千古的幽怨遗事——
像头雄狮,他把阿玛宗人女王压在身下,——
就这样错过了: 忒提斯的儿子

---

① 西格弗里德是德国民间史诗《尼伯龙根之歌》的主人公,被灌了迷魂汤而忘记了愿与布仑希尔德百年之好的誓愿。布仑希尔德因西格弗里德负心而将其杀死,后自尽,以求死后与其结合。

② 指冰岛女王布仑希尔德与布尔根德国王巩特尔成婚之夜,因国王之妹下嫁给国王侍从西格弗里德而不悦,不与国王同床。西格弗里德戴上隐身帽帮助国王制服了她。

与阿瑞斯的女儿——阿喀琉斯与彭忒西勒亚。①

啊,请回想一下——她那目光来自下面!
那被击落马的天骄的目光!
已经不是从奥林匹斯山,是从泥浆边
射出她那目光,——那高傲却一如往常!

这里说明什么——从他这里只能说明妒忌——
妻子要从黑暗当中得到挣脱。
万万不可势均力敌的同势均力敌的……
……………………………………………………

我们——终于就这样错过。

1924 年 7 月 3 日

---

① 据希腊神话传说,阿喀琉斯是海中女神忒提斯的儿
子,在特洛伊战争期间,曾与阿玛宗人女王、战神阿瑞斯的女
儿彭忒西勒亚作战并将她杀死;但当阿喀琉斯摘掉她的护面
罩后因其美丽而惊愕,对死者的爱油然而生。

忌妒的尝试 *

您同别的女人过得如何，

看来没什么？——还是当头一棒！——

对我的记忆是不是很快便已淡漠，

像海岸线一样？

我像孤岛一样飘零，

（不是在水面——而是在天上！）

灵魂啊灵魂！——你们是姊妹之情，

你们不是情人成对成双！

您同一个**普通**女人过得如何？

您失掉了偶像崇拜？

---

　　* 这首诗，看来最初是献给康·罗泽维奇（1895-
1988）的，但文学史家马·斯洛宁（1894-1976）在回忆录中
肯定地说，此诗是献给他的。

您把女王推下了宝座
（你自己也从那上面掉了下来），

您过得怎样——手忙脚乱——
哆里哆嗦？起居如何？
您怎样对付如同杂税苛捐，
可怜的人，那庸俗的生活？

"心律不齐还有手脚抽搐——
实在够受了！我想找间房分身。"
您同随便一个女人过得何如？——
我的可爱的意中人！

是不是更习惯和可口——那些食物？
若是吃腻了——也别怨嗔……
您同这类人过得何如——
您这位治理过西奈的人！

您同此地陌生女人过得何如？
她那身段是否令人可爱？
会不会用宙斯的管束——

康·波·罗泽维奇

Марина Цветаева. *Рисунок К. Б. Родзевича. 60-е годы*

康·波·罗泽维奇六十年代为
玛丽娜·茨维塔耶娃画的肖像

康·波·罗泽维奇六十年代为
玛丽娜·茨维塔耶娃画的肖像

康·波·罗泽维奇六十年代为
玛丽娜·茨维塔耶娃画的肖像

羞耻心抽打她的脑袋？

您过得如何——感觉怎样？

身体可好？怎么样——想不想唱歌？

那无法摆脱掉的良心的创伤，

可怜的人,您如何摆脱？

您怎能同那娄货趣味相投？

那么重的代役租怎能承受得住？

在卡拉拉大理石之后,①

您怎能同石膏废物

一起生活？（用石块雕琢——

那神明已被彻底碎骨粉身！）

您怎能同一掷千金的女人生活——

您这位已经领教过利利特的人！②

---

① 卡拉拉,意大利中部托斯卡纳省的一个城市,设有雕塑学院,郊区有大理石开采和加工业。

② 据圣经前传说,利利特为亚当的第一个妻子,凶恶的精灵的母亲。

您对那粗糙的新货

是否已经厌倦？既然对女妖冷淡，

您怎样同人世间的女人生活，

而如果**缺乏**第六感？

怎么,您被揪住脑袋还会幸福？

亲爱的,在无底的深渊——

怎能生活？是否很痛苦？

是否也像我同别的男人相处一般？

1924 年 11 月 19 日

爱　情

是利剑？是火焰？
说得客气些,——声震九天！

对那痛苦,熟悉得有如手掌于双眼,
有如嘴唇
把亲生的孩子的小名呼唤。①

　　　　　　1924 年 12 月 1 日

219

致生命

1

你夺不走我脸上的绯红——
它旺盛得一如江河泛滥。
你是猎人,可我不会落入陷阱,
你是追兵,可我是逃犯。

你夺不走我充满活力的心灵!
它有如一匹阿拉伯骏马——
把身子搣成一张弯弓,
咬紧牙关,在追捕下

奋蹄奔腾。

1924 年 12 月 25 日

2

你夺不走我充满活力的心灵，
它像鸿毛一样不会让你抓住。
生命啊，你时常把虚伪吟咏，——
美妙动听的歌声没有错误！

生命不想做一个长久住户！
要让他走向异域的岸边！
生命啊，你公然地吟咏饭饱酒足。
生命啊，要把他留住！生命就是征战。

腿骨的环节残酷无情，
铁锈就要把骨头钻透！
生命便是利刃，热爱一切的生命
正在刀刃上跳舞。

       它等待利刃已久！

       1924 年 12 月 28 日

鬓角已经银灰，*

战士进入备战，

——蓝天啊！——我像大海一样染上你的色彩，

犹如对每一个音缀——

对着神秘的流盼

我转过身来，

我整理一番穿戴。

西徐亚人爱好对着射击，

鞭身派教徒喜欢赞美基督的舞蹈，

——大海啊！——我像蓝天一样敢跳进你的里面。

----

* 茨维塔耶娃在 1926 年 5 月 26 日致帕斯捷尔纳克的信里说："……我有几行诗献给你……差一点儿没写完，是对**你**的呼唤，在我心里，也是在我心里对**我**的。……因为有几处还没有填上，整首诗不能寄给你。若是想写——这首诗就会写完的，这一首，还有别的。"

犹如听到每一诗句——
听到神秘的口哨,
我便停在路边,
我心情紧张不安。

每一行里都有停顿!
每一个句点里都有珍宝。
——眸子啊,——我像光线一样分层射入你的里面,
我活跃兴奋。
按着吉他的音调
我用思念把自己重调一番,
我重新加以改变。

不是在鸡鸭的窝巢,
而是在天鹅毛里办婚事!
婚姻各有不同,有的不在一起!
像对着电报符号——
对神秘的暗示
眉宇在战栗——
你是否疑虑?

不需要清淡的荣誉的茶——
我的灵魂很坚强。
我拥有不少的财产！
在你的指示之下——
一如上帝赐予的稻粮，
我的场已经打完，
我迷而知返。

1925 年 1 月 22 日

鲍里斯·帕斯捷尔纳克，
奇斯托波尔,1942 年

我向俄罗斯的黑麦致以问候，*

还有那村妇歇息纳凉的田畴……

朋友啊，我的窗外淫雨霏霏，

不幸和遐想充塞我的心头……

你沉浸在淫雨和不幸的曲调中，

犹如荷马为六韵脚诗歌而忘情。

把手伸给我吧——但要待到来世！

在这里呀——我的双手腾不出空。

1925 年 5 月 7 日

弗申诺雷①

----

* 这首诗是献给鲍·帕斯捷尔纳克的。诗人 1925 年
3 月 20–22 日的草稿本中记载："鲍·帕，我们何时能够见
面？我们能够见面吗？把手伸给我吧——但要待到来世，**在
这里呀——我的双手腾不出空。**"

① 捷克布拉格近郊的一个村子。

1926–1936

赞美啊,静一静!*

不要砰的一声

把门关上,光荣!

书桌一角——曲肱。

忙乱啊,停一停!

心儿啊,也要安宁!

抵额头——曲肱。

思考——曲肱。

少年——说爱谈情,

老年——火烤得暖烘烘:

---

* 这首诗写于法国。1925 年 11 月 1 日由捷克迁居法
国后,只是第一年冬季茨维塔耶娃全家四口寄居于俄国友人
家,后来住在巴黎郊区,常年处于极端贫困中。在法国生活
的十四年间,她从未对法国人产生好感,也得不到他们以诚
相待。当然,同俄国人相处也不见得好些。
这首诗写作期间,茨维塔耶娃与丈夫和两个孩子挤在一
间屋子里,总是处于干扰之中,找不到一个角落从事创作。

已经没有——**活头了**，
无处消磨残生。

哪怕有一个窝棚——
只要无人惊动！
水龙头——哗哗流水，
桌椅——吱嘎作声，

众人谈笑风生——
只要饭进口中，
而且"美味可口"，
便都感激涕零。

远亲同近邻啊，
假如你们了解真情，
对我自己的头脑，
我深深表示同情——

犹如上帝落入匪帮手中！
草原是单人牢笼——
天堂——这地方

人们却**不许**出声！

渔色之徒——畜生——
小铺老板———一脉相通！
有谁若是能够——
为了让我清宁

（不是假以时日，
时日已经屈指可数！）
给我四壁一栋，——
那他就是上帝活在我心中！

1926 年 1 月 26 日

巴　黎

〈悼念谢尔盖·叶赛宁〉*

……活得短暂的人——并非需要怜恤，
贡献少的人——并非值得悲哀，——
生在**我们**时代的人——活得**丰富多彩**，
贡献出诗歌的人——贡献出了**一切**。

1926 年 1 月

---

* 本诗未完成，只是片断，故篇名括起来。

叶赛林像及签名

松　明

埃菲尔铁塔——近在咫尺！①
来呀，让我们拾级而上。
可是我们当中的每一个人士，
若我说，整天看到这般的景象——

你们的巴黎让我们觉得总是
那么枯燥乏味，也不富丽堂皇。
"我的俄罗斯呀，俄罗斯，
你为什么燃烧得那样明亮？"②

1931 年 6 月

---

　① 埃菲尔铁塔在巴黎。诗人笔记中 1933 年有一条注
释："塔鲁萨……科克捷别里……这才是我心灵的所在。请
沿着这些地方采集吧。在巴黎(我客居了八年)我连影子也
不会留下。"
　② 最后两行诗是据下边的两行俄罗斯民歌改写的：
"小松明呀，白桦树的小松明，你为什么呀，小松明，燃烧得
这样冥蒙？"

献给普希金的诗*

1(2)

彼得与普希金

不是海军,不是血汗,不是臀部

打着补丁,不是瑞典人在脚边,①

不是身高——在所有的列队里面,

不是健康——而是总的来讲已到期限,——

不是测深锤,不是小艇,不是德国

啤酒穿透克纳斯特烟草的雾气蒙蒙,②

---

*　组诗共七首,选译三首。

①　"瑞典人在脚边"系指 1709–1720 年沙皇与瑞典的战争的胜利。

②　"克纳斯特"系德语,一种烈性烟草。

而且甚至也不是彼得自己的
舰艇总队(那是彼得自己的事情!)。①

而且更伟大的人就会少而又少
(上帝给予了,人又不是累赘!)
如果没有把汉尼拔黑人②
运到白种人罗斯来归。

把这个非洲的小男孩儿带来
学习,把所有的俄罗斯人
都比了下去,而且**黑人的**孙子
教导了罗斯的上流士绅!

他不会让这个活泼好动的小男孩儿

---

① "彼得自己的舰艇总队"和"彼得自己的事情",系
指彼得于 1703 年建立彼得堡。

② 系指阿布拉姆·彼得罗维奇·汉尼拔作为"彼得大
帝的黑人"而著名,他是普希金母系的外曾祖父,黑人,阿比
西尼亚领袖之子,被土耳其人抢走,由俄国驻君士坦丁堡公
使送给彼得大帝作为礼品,在少年时被带回俄国。

垂手直立！——"好吧！给他自由?①

你是这样的低级侍从，——

像我一样——是伪装的君侯!"

识文断字的沙皇明白，不管是

那个非洲的浪花,还是泡沫都不相干,

他决定:"**从现在**开始我就是

你那非洲的激情的检查官。"②

打他那卷发的后脖梗子,

(不剪发还是剪发!):

——去吧,孩子,去到你那

非洲的荒凉地带休假!

缓缓航行吧——不要为任何事情忧戚!

茶水、餐饮在船上任谁都会得到供给!

———————————

① "好吧！给他自由?",指 1834 年普希金请求退休,
但是尼古拉一世却拒绝了他。

② "从现在开始我就是……检查官",即 1826 年普希
金流放归来以后,尼古拉一世作为特别恩惠而承担起检查他
的作品的工作。

彼得·索科洛夫,《普希金像》(1836)

莫斯科的普希金像

要是寂寞了——就动弹动弹，

要是不——即便是房门也要忘记！

发布圣旨：告别了寒冷的云雾——

一步紧跟着一步，

去考察热带的国度，

并且用拙劣的诗向我们描述，——

经过被教诲的、退役的——

直接送往仓库——侍从，

巨人放走了诗人以后

疾驰起来——在大地上或者**凌空**？

这个面孔黝黑的白雪的以实玛利①

不是在俄罗斯的雪地上漫步！

他不会让奇异的鸟儿

饿死而弃之不顾！

这个性急的人不会踏着斯拉夫人的血迹，

---

① 据《旧约》以实玛利系犹太人的始祖亚伯拉罕与妻子的使女夏甲生的儿子，后来成为阿拉伯人的始祖。

这个人也是混血儿！
你在他那里不会因为
祖国的弃之不顾而委靡！

他已经同你——和睦相处！
为了无拘无束的礼数
而被尼古拉贬谪的人，
也许是被彼得赏赐的人！

他也许不会用"祖国的感情！"
来把宪兵的侦查隐藏。
他也许不会——妖龙的目光！①
——把你的嘴唇冻僵。

他也许没有使波尔塔瓦的结局
草率结束，也许没有把羽笔弄钝。②
为此彼得的不体面的后代——

————————

① 据传说，妖龙系头顶桂冠的动物，只要它看一眼，对
方便会死亡。系指尼古拉一世"令人毛骨悚然"的目光。
② 实际上尼古拉一世作为普希金的检查官，他是对
《青铜骑士》提出了意见，而非《波尔塔瓦》。

那些败类——那些毒菌

被流放到罗马尼亚省份，①
再说这个省份给予了这些人赏赐。
这些人痛恨男人的胆怯，
因为他把羞怯的儿子杀死。②

——"这个糠秕——是我？
——就这样生育吧！长大吧！"
这个**黑人**是他的真正的儿子，
也就是真正的曾孙——**你**

存留下来。平等派的密谋。
就这样，没有询问接生婆，
彼得的巨人的教子的曾孙
继承了精神。

---

　　① 1820 年普希金因政治诗而被亚历山大一世流放到
叶卡捷琳堡、敖德萨，以及后来的基什尼奥夫。
　　② 1718 年彼得大帝因其子阿列克谢与保守的反对派
有关而下令将其处死。

于是前进了一步,明亮之中

最明亮的目光,它们明亮如初……

俄罗斯的——彼得的

最后的——死后的——永生的礼物。

1931 年 7 月 2 日

诗人与沙皇

1(5)

沙皇们的

彼岸的大厅。①

——这大厅莫不是

坚硬的大理石建成?

---

① 系指莫斯科克里姆林宫内有一处回廊,其中心立着
亚历山大二世的纪念像,天顶装饰着亚历山大列祖列宗的肖
像,用威尼斯的马赛克镶嵌而成。其中也有亚历山大二世的
父王尼古拉一世。

肖斯塔科维奇曾为此诗以及“不,当我们为宗师下葬的
时候……”两首谱曲。

王公的披肩好不威风——①

全身上下披金挂银。

——普希金的荣誉的

可鄙的保护人。

他把作者诋毁，

把手稿剪得百孔千疮。②

他是波兰国土的

凶残的肉商。③

要机警地注视！

不要忘了——

杀死歌手的是

沙皇尼古拉

一世。④

---

① "王公的披肩"指莫斯科王公们在举行盛典时穿戴的衣物。

② 见《彼得与普希金》一诗中注"从现在开始我就是……检查官"。

③ 尼古拉一世曾残酷地镇压 1830 年波兰起义。

④ 1931 年 6 月 27 日草稿本中记载："惟一应当推倒的纪念像就是尼古拉一世,杀害普希金的凶手的纪念像。或者,为了保留克洛特的作品而题上:' 专制制度为杀害普希金的凶手而竖立的纪念像' 。"

2(6)

不,当我们为宗师下葬的时候,
在乱哄哄的人群面前擂起了鼓——①
但听那表示敬意的声音对着死去的歌手
断断续续地从沙皇的牙缝里挤出。

对于最亲密的朋友,如此的尊崇
大可不必。从右边,从左边,
在床头,在床尾——身体笔挺——
尽是宪兵的胸脯和嘴脸。②

---

① 这行诗是茨维塔耶娃据爱尔兰诗人 C. 伍尔夫的
《在英国将军约翰·穆尔爵士安葬式上》的诗句改写的。

② 据诗人的同时代友人们的回忆:"在预定送葬之夜
的前一天,在十来个普希金的亲友聚集以便向他最后告别的
房间里,在我们大家所在的小小客厅里,却出现了一整团的
宪兵。可以毫不夸张地说,灵柩旁边聚集的大多数不是朋友
们,而是宪兵们。"(维亚泽姆斯基)"在十二时,即夜半,出殡
时,出现了宪兵、警察、密探,——总共有十几头,而我们不过
几个人!"(屠格涅夫)

难道不足为奇——就连在灵床安息的时刻，

都得永远做一个受监视的儿童？

这种尊崇好像什么，像什么，像什么，

是够受尊崇的——而且过于尊崇！

看吧，全国都说，不管传闻怎样，

君主对诗人关怀不倦！

尊崇——尊崇——尊崇——无上

尊崇——尊崇——到了极点！

对谁才这样——不正如众窃贼

为一个被枪打死的窃贼出丧？①

是背信者？不是。从穿堂院突围，②

---

① 据茹科夫斯基回忆："原定做安魂祈祷的教堂变更
了，遗体是在深夜移到那里去的，而且相当秘密，简直使人吃
惊，没有火把，几乎没有向导；移送遗体时，普希金最亲密的
朋友不超过十个，而宪兵们却挤满了为死者做祈祷的小房
间，我们被包围了，可以说，我们是在监视下把遗体送到教堂
去的。"

② 据同时代人回忆，当时来到普希金的宅邸的人们，
"要通过一个又窄又脏的楼梯……前厅的门锁着，要从门房
的一个高一俄尺半的窄小的门进进出出"。

为俄罗斯的最聪明的大丈夫送葬。①

1931 年 7 月 19 日

默　登②

---

① 1826 年 9 月 8 日尼古拉一世在召见从流放中归来的普希金后,在宫廷中宣称,他"同俄罗斯的最聪明的人"谈过话。

② 巴黎近郊一小镇。

接骨木

接骨木覆盖了庭园！
接骨木一片碧绿晶莹！
碧绿胜过木桶上的苔藓，
碧绿意味着开始了夏令！
直到白昼穷尽——满天碧蓝！
接骨木碧绿胜过我的眼睛！

然后，像罗斯托普钦的营火，[①]
一夜之间，因为那气泡的颤音，
接骨木一下子便红肿了眼窝！
碧空啊，接骨木的遍体的麻疹，
无论在什么季节，它那猩红色
都要比你身躯上的麻疹更深——

---

① 费·瓦·罗斯托普钦(1763–1826)，1812 年莫斯科
的总指挥，传说拿破仑占领莫斯科时是他提议放火烧城的。

一直延续到冬天，一直到冬天！
你那小小的果实竟然培植出
如此美的颜色，比毒药还新鲜！
那大红布、火漆同凄楚的混合物，
那小小的珊瑚的项链的光艳，
那干裂后流出的鲜血的气味腥苦！

接骨木痛苦万般，万般痛苦！
接骨木覆盖了庭园——庭园挂满
如鲜血充满青春，如鲜血纯洁浑朴，
如鲜血红火的果实一串又一串，——
那心儿的鲜血——你的，我的——
所有鲜血当中最是夺目鲜艳……

然后——果实如浑然天成的瀑布，
然后——接骨木变得阴暗沉重，
生出一种李子般的东西，黏黏糊糊。
在像小提琴一样呻吟的栅栏上空，
在那空空荡荡的房屋的近处，——
只有那接骨木树丛孤苦伶仃……

249

接骨木啊接骨木，为了你那项链，

我已经失掉理智，变得癫癫疯疯！

还给格鲁吉亚人高加索，还给红胡子草原，

还给我窗下我的那片接骨木树<u>丛</u>！

我不要一切的**艺术宫殿**，

我只要这片接骨木树<u>丛</u>……

我的祖国的新的住户！

为了你这接骨木的果实——

我童年的红艳艳的渴慕，

为了这树木也为了这个词——

我的眸子自幼看惯的有毒的**接骨木**……

（每天夜晚——直到今日……）

接骨木是那样的血红，血红！

接骨木的魔爪抓住了整个乡土——

我的童年在你的摆布之中。

在你同我之间，接骨木，

有一种像犯罪一般的激情。

我很想把接骨木称呼

为时代的通病……

1931 年 9 月 11 日,默登

1935 年 5 月 21 日,范弗①

---

① 巴黎近郊一小镇。

——你的诗歌没人需要——
好像老奶奶的梦境。
——而我们却为**另一些**
时代寻梦。

——你的诗歌枯燥乏味——
好像老爷爷的叹息。
而我们却为**另一些**
世纪巡礼。

——足足有五年——整整一个人间——
你看看我们的梦是何等差异!
——您的梦——只用五年,
而我的梦——却用五个世纪。

——去吧,岁月随意消逝!
——岁月从**我们身边**逝去……

在罗斯是否会有
诗歌存在——
去问问溪流，
去问问后代。

1931 年 9 月 14 日

给儿子的诗[*]

1

不是为了任何一种因缘——

去吧,我的儿子,回到祖国,回到自己的家园——

它与一切家园迥然相反!

返回到那里去——就是**向前**

迈进,——尤其是对你来说,

因为罗斯你还不曾看见,

---

[*] 组诗共三首。玛丽娜·茨维塔耶娃之子格奥尔吉(穆尔)·谢尔盖耶维奇·埃夫龙于 1925 年 2 月 1 日出生于捷克斯洛伐克。他少年时代便极力想回苏联,终于在 1939 年 6 月同母亲一起返回。茨维塔耶娃对儿子百般宠爱,为了他才不得不疏散到后方。据 1941 年 10 月 6 日格奥尔吉在诗人克鲁乔内赫的纪念册中记述:"1941 年 8 月 8 日我同玛·伊(即茨维塔耶娃)一起疏散到叶拉布加。17 日抵达。26 日玛·伊到奇斯托波尔去了两天;后于 28 日返回叶拉布加,8 月 31 日自缢。她被葬在叶拉布加墓地……"

格奥尔吉于 1944 年初应征入伍开赴前线,1944 年 7 月牺牲于白俄罗斯境内。

我的孩子……**我的**？是她的——
孩子！他像春草一般葱葱郁郁，——
那春草渐渐地湮没了往昔。
我难道要用颤抖的手掌
把那化为灰尘的泥土
捧到孩子的摇篮里去，——
"罗斯就是这抔灰烬，你要向它膜拜顶礼！"

因为你没有经受过那种遭遇——
去吧——一双双眼睛注视着那里！
全世界的——眼睛，整个地球的——
眼睛，——还有你那双碧蓝碧蓝的
眼睛——我从那里面照见了自己——
从那双凝望着罗斯的眼睛里。

我们不要相信那些鬼话连篇！——
什么俄罗斯属于我们，罗斯属于祖先，
属于你们这些山顶洞的启蒙者的
是发出紧急呼救的苏联，——
而那漆黑的夜空里的呼救

与 SOS 相比更要火急十万。①

祖国不会把**我们**召唤！
去吧，我的儿子，回家去吧——勇往直前——
离开我们——回到**自己的**世纪，回到**自己的**时代，回
　　到**自己的**家园！
回到你们的——**俄罗斯**去，回到大众的——俄罗
　　斯去，
回到**我们**时代的——祖国去！回到**现今**时代的——
　　祖国去！
回到奔向火星的——祖国去！回到没有我们的——
　　祖国去！

1932 年 1 月

---

① "SOS"，英文"紧急求救信号"缩写。

玛·茨维塔耶娃和儿子戈奥尔吉(穆尔)

2

我们的良心不是你们的良心！

算了吧！ ——何苦呢！ ——把一切忘却，

孩子们，自己去创作自己的故事——

写自己的激情，写自己的岁月。

罗德的盐的家庭——①

就是你们的家庭的影集！

孩子们！ 你们自己去清算吧——

同那被诬为所多玛的城邑。

同自己的弟兄不曾发生争吵——

这才是你的事情，鬈发的少年！

你们的家园，你们的世纪，你们的日子，

---

① 据圣经神话传说，所多玛和娥摩拉两座城市因居民罪孽深重被天火毁灭；主垂念万国之父亚伯拉罕的侄子罗德，派天使将他和他的家属救出。在离开所多玛时，罗德妻子违犯禁令，回头一看，因而变成了一根盐柱。所多玛和娥摩拉两城被喻为"混乱不堪""罪恶深重"。

你们的时辰，
我们的罪孽，**我们的**苦难，**我们的**愤怒，
　我们的争辩。

你们生来就被罩上了
一件孤儿的披肩——
不要去追荐那
你们**不曾**居住过的伊甸园！

不要去追荐那禁果——连形状
你们都不曾看见！你们可知道：
是盲人引导你们去祭奠人民——
人民食用面包并且把面包

给了你们，——尽快地
从默登回到库班去。
我们的争吵不是你们的争吵！
孩子们！你们自己去开辟

自己的岁月的战役。

1932 年 1 月

玛·茨维塔耶娃和穆尔

谢·雅·埃夫龙(右),这是玛·茨维塔耶娃
终生带在身边的一张照片

3

你不会成为青年辈里
一个微不足道的人——更不会有害!
你不会成为冥顽不化的皇帝,
也不会,不客气说,成为运动员般的蠢笨脑袋。

不会成为盲人连路都不识,
不会净在船舱上游手好闲,
不会成为上下两排义齿——
只知道咀嚼吞咽,

把**这**当成惟一的目的。
因为——把任何缝隙穿过——
我都同我的强烈的风在一起!
你不会成为一个资产者。

你不会成为法兰西的雄鸡,①

----

① 雄鸡是法国民族象征之一。

262

把尾巴在罐头里贮存,

你不会成为委靡的未婚夫婿——

给一个白发苍苍的美国女人,——

不,如纸上列出的人当中,

你不会成为任何一个人,

他们只能够落得个笑柄,

他们只能得到父辈们

义愤填膺的呼唤!

有黑土的负荷在身——

我来自天平的**那**一边!

你不会成为法兰西人。

然而你也不会成为我们辈里

任何一个人——他们让子孙懊恼!

你将成为**什么样的人**——只有上帝……

你**不会**成为那样的人——我敢担保——

像用唧筒一样,我把罗斯

汲取——把你浇灌!

上帝看得见——我对上帝发誓！——

你不会成为自己的祖国的

渣滓。

                    1932 年 1 月 22 日

玛·茨维塔耶娃和穆尔

祖 国

啊,语言真是令人难以琢磨!
其实看来很平常——你要晓得,
早在我之前庄稼汉就歌唱过,——
"俄罗斯啊,我的祖国!"

然而,甚至从那卡卢加山冈,[①]
她都在向我炫惑——
那远方——那远在天边的沃壤!
那异乡,我的祖国!

那远方,犹如痛苦,亘古承接,
祖国就像我的遭际一般,
八千里路云和月,

---

① 指塔鲁萨,奥卡河上的一个小镇,茨维塔耶娃自幼
便爱上这里的自然景色,终生怀有深厚的感情。

天南海北,整个的她装在我心间!

那远方,使我觉得咫尺有如天涯,
那远方,从八方四面,直到天边的星光,
要把我召回,对我喊话——
"回来吧,回到家乡!"

我不是白白地让孩子们眷恋
那远方——它比海水还要湛蓝。

你啊! 我就是断了这只手臂,——
哪怕一双! 我也要用嘴唇着墨
写在断头台上:令我肝肠寸断的土地——
我的骄傲啊,我的祖国!

                      1932 年 5 月 12 日

书　桌 *

1(1)

我的忠实的书桌！

谢谢你同我一起跋涉——

跋涉了整个路程。

像护理伤疤，保护着我。

我的驮马一般的书桌！

---

*　组诗共六首，选译四首。据阿里阿德娜·埃夫龙回忆母亲茨维塔耶娃如何创作时说："把所有的工作，所有的刻不容缓的事记下来，一大早开始，趁着头脑清醒，肚子空空的、瘪瘪的。倒上一小杯滚热的黑咖啡，放在书桌上，一生中每一天她都怀着如同工人走到车床前一样的**责任感**，必然的、不可能不这样的感情走到书桌前。此时此刻书桌上一切多余的东西，都推到一边，以一种下意识的动作腾出一块地方放笔记本和胳膊肘。用手掌支撑着额头，手指插到头发里，立刻便能打坐入静。除了手稿，一切都充耳不闻，视而不见，只见她以敏锐的思维和笔锋埋头于手稿中。"

书桌边的茨维塔耶娃，
阿里阿德娜·埃夫龙绘

谢谢你虽然负着重驮,

四条腿却不曾打弯,谢谢你——

永不歇息把幻想的重担负荷。

你是最威严的铠甲上的护心镜!

谢谢你毅然地在那里横卧——

(你是世俗的诱惑的门槛)

阻挡着一切欢娱快乐,

抵御着一切卑鄙龌龊!

你是柞木制成的枪挪——

对准充满仇恨的狮子,

受辱的大象———一切的一切猛戳。

我那活活地断送了一切的薄板!①

谢谢你一天天成长起来,陪着我;

随着案头工作的进展,

你变得高大而又宽阔,

----

① 在 1933 年稿本中有这样的记载:"对于我的许多欢乐来讲,它(书桌)早已经成了灵床。"

你大大地展宽了,开拓得如此广阔——
以至于咧开了你那张大嘴,
伸延到了桌子的边沿……
像淹没了海滩一样把我淹没!

你差点儿让人们待在你身边不走——
谢谢你终于得到了解脱!
像波斯国王捉拿逃亡的女子,
条条道路上你都能把我抓获!

"回来吧,回到椅子上落座!"
谢谢你对我的监督和鞭策。
像魔法师把梦游者召回,
你使我摆脱了过眼烟云的享乐。

书桌呀,你把一道道战斗的砍伤
垒成了一摞摞光芒闪烁的书册——
我的事业的文卷啊!
嫣红姹紫,满园春色!

你是苦行僧的宝塔,嘴的闸口——

你是我的广阔的天地、我的宝座,

火柱为潮涌般的以色列人群引路,①

你就是照亮我的道路的一把火!

书桌的边沿啊,祝你幸福快乐——

你身受额头、臂肘、膝盖的消磨,

可是像锋利的钢锯一样,

却也把我的胸口侵割!

1933 年 7 月

2(2)

比爱情更坚贞——

三十年的结缘。

我熟悉你的每一道皱纹,

---

① 据圣经故事传说,神为将以色列人从埃及人的奴役
下解救出来,带领男丁约六十万人(妇女孩子不计在内)离
开埃及,日间用一朵柱形的云指示他们的旅程,夜间又用一
条火柱照着他们的路。(《旧约·出埃及记》12、13)

一如你对我的皱纹的熟谙。

难道不是你使我的皱纹增添？
你吞噬了纸张一卷又一卷，
你指教我：没有什么明日，
有的只是——今天。

无论是金钱，还是寄来的信函，
都被桌子丢到了一边！
你反复嘱咐：今日——
是每一行诗的最后期限。

你威胁我说：不要用几只杯盘
来报答造物主的恩典，
明天，我这个蠢笨的女子，
会在你身上把性命捐献！

1933 年 7 月 17 日

3(4)

你欺负了人，又把人欺骗？
谢谢你给了我一张书桌，
它牢固得让敌人闻风丧胆——
书桌在四条腿上高卧。

简直是倒海移山！
把前额低垂到书桌，
把肘臂放在**下面**——
像支撑拱顶，支撑着自己的前额，

而其他的是否刚刚够用？
它牢固得承受住我的**体重**，
宽敞得足以够我奔跑，
永恒的书桌足够我享受一生！

谢谢你，木工，
谢谢木板——用我的全部才能，

谢谢桌腿——比巴黎的怪兽饰更坚固，[①]
谢谢这张书桌——大小正好合用。

4(5)

我的忠实的书桌！
谢谢把一棵树干给予了我，
让它变成了一张书桌，
可它依然是株绿树——生气勃勃！

嫩叶在眉梢上方婆娑，
树皮呈现着一片春色，
树脂泪珠儿一般**闪烁**，
树根扎进大地的心窝！

1933 年 7 月 17 日

---

① 巴黎怪兽饰是狮头羊身蛇尾喷火的妖怪，圣母的幻想。

我剖开了血管——

不可遏止地,无法挽回地,生命在汩汩地喷薄。

快把钵子盘子端来放在下面!

任何盘子都显得太小,

任何钵子都显得太浅。

　　　　　　溢出边缘——

径直地流进黝黑的土壤,把芦苇润泽。

一去不复返地,不可遏止地,

无法挽回地,诗歌在汩汩地喷射。

1934 年 1 月 6 日

花　园

为了这座地狱，
为了这个梦魇，
我得到了一座花园，
陪伴我度过晚年。

陪伴我度过晚年，
度过不幸的晚年：
劳动岁月的晚年，
驼背岁月的晚年⋯⋯

度过猪狗一般
岁月的晚年——
它是我的宝贝：
火热岁月的凉爽的花园⋯⋯

为了逃亡者

我得到了一座花园：

它既没有心灵，

也没有一张脸！

既没有碎步的花园！

也没有眼睛的花园！

既没有笑声的花园！

也没有笛声的花园！

同样也没有耳朵，

我得到了一座花园：

既没有心灵！

也没有**心肝**！

告诉我：痛苦忍受够了吗——

那像我一样孤单的花园。

（但是在它周围生活，我也挺不起腰板儿！）

花园像我一样孤单。

给我这样的花园度过晚年……
——那座花园？而也许是那个世界？——
为了宽恕心灵！——
为了度过我的晚年！

1934 年 10 月 1 日

花楸果树，*

一大清早儿，

惨遭根诛。

花楸果树——

你那命数，

真够寒苦。

花楸果树——

灰蒙蒙一片，

漫山遍布。

花楸果树！

俄罗斯的

命数。

1934 年

---

　　* 这首诗是与"乡愁啊，这早就已经……"一诗同时写
的，交相辉映。

乡愁啊！这早就已经*

被戳穿的纠缠不清的事情！

对我来说全然一样——

在哪儿都是孤苦伶仃，

提着粗糙的篮子回家，

在什么样的石头路上踽踽而行，

而且那家已经无法说明是我的，

它已经成了军医院或者兵营。

对我来说全然一样——

在什么人中间像被捕获的狮子一样警醒，

---

　　* 这首诗据研究者推断，是对帕斯捷尔纳克 1928 年
写的《致玛丽娜·茨维塔耶娃》一诗的唱和。又据利·丘可
夫斯卡娅回忆，茨维塔耶娃在 1941 年疏散到叶拉布加时曾
为友人朗诵过这首诗，但是由于难以抑制的内心痛苦，全诗
没有朗诵完，她却戛然而止，以至于那意味深长的最后四行
诗直到五十年代才为苏联国内所知。

从什么样的人群里

必然地被排挤出来复返到自身之中，

复返到自己的个人的感情之中。

像一只离开冰天雪地的堪察加熊，①

在哪儿都住不下去(我也不想挣扎!)

在哪儿低三下四——对我全然相同。

就连祖国的语言，还有它那

乳白色的召唤都没能使我陶醉，

究竟因操何种语言而不为路人

理解——对我全然无所谓!

(我不为读者所迷惑，那报纸堆里的

蠹虫，那传播流言蜚语的俗流……)

他是二十世纪的人，

而我却属于万代千秋!

---

① 堪察加位于俄罗斯亚洲部分东北部的一个半岛，濒临太平洋、鄂霍次克海和白令海。

那像感觉迟钝的人一样木讷的，
从林荫路上残留下来的东西，
所有的人我都无所谓，一切我都无所谓，
而比什么都无所谓的，或许，

莫过于最亲切的往事。
我身上的所有标志，所有的特征，
所有的岁月——顿时消失，——
那在什么地方——诞生的魂灵。

然而我的家乡却不能把我保护，
以至于那最机敏的包打听
对我的整个心灵了解得一清二楚！
可他要想找到胎痣那却万万不可能！

一切家园我都感到陌生，一切神殿对我都无足轻重，
一切我都无所谓，一切我都不在乎。
然而在路上如果出现树丛，
特别是那——花楸果树……

1934 年 5 月 3 日

给父辈们 *

1(2)

在克里姆林宫欢度复活节
手执丁香的父辈一代，
我向你们致以敬礼，
我在地上屈膝跪拜。

照耀你们的白发的是群星！
你们比芦苇听得更清。
——空气习习地飘动——
你们在说：心——灵！

摆脱世代相传的财富，
只要你们拯救心灵，

---

* 组诗共两首，选译一首。

——年长的同代人啊,你们

既缺乏兄弟情谊,也缺乏平等,

我向你们伸出信仰和友谊之手,

犹如一个高加索山民

向伸出两只手的仇敌

献上一罐葡萄美酒!

不是塞壬——而是丁香①

关进岩洞里面父辈一代,

他们满怀浪漫的激情!

满怀魅力——**离开**

大地,在大地的**上空**,

把蛆虫和谷物抛在一边!

父辈一代——没有土埌,

但是却有这样的看见的深渊,——

---

① 据希腊神话,塞壬是人身鸟足的美女,共有八位。她们住在地中海上一个小岛的岩洞中,当奥德修斯从特洛伊回国途中,游过塞壬岛时,她们用美妙的歌声引诱航海者触礁毁灭。

黑糊糊的坑洞深万丈，——
犹如楚楚动人的圣母像
那一双深深凹陷的眼眶，——
她像一个活人在观望。

父辈一代，谁若是情操高尚——
他就必然受尽百般苦难！
父辈一代！我是你们的！——
是你们的明镜的绵延。

无论是品性还是气质都与你们相像，
与你们相像的还有对智慧的仰慕，
还有对合体的衣装——
流行的时装的厌恶！

你们在命定失败的孩提时代，
就已经成为诗圣，
除了掷地有声的钱币以外，
一切——都提醒人们——要毕恭毕敬！

除了巴尔神以外!①

除了所有的时代,所有的民族,**所有**的神明,

向着父辈一代——即便是失败——

献上我的万古流芳的崇敬,

你们在一个破天荒的地带

成为充满智慧的英才,

你们在喧闹的舞会上,②

是那样地善于求爱!

仰望着星空

直到最后一息——

逝去的种族啊,

谢谢你!

1935 年 10 月 16 日

---

① 巴尔神,古代闪族司农业和丰收之神,后来认为是皇权保护神。崇拜巴尔神引起淫荡的狂欢。

② 引自俄国诗人阿·托尔斯泰(1817-1875)的短诗"在喧闹的舞会当中,偶然地……"。

报纸的读者*

地下的蛇妖在爬行，

在爬行，把人们驮送。

而且每个人都带着一份

自己的报纸（带着湿疹——

自己的）反刍的抽搐，

报纸的骨疽。

地板蜡的咀嚼者，

报纸的读者。

读者是什么人？老头儿？竞技运动员？

士兵？——没有线条，没有脸，

没有年龄。是骨头架子——既然是

---

　　*　茨维塔耶娃在 1925 年的一封信里写道："报界使我感到可怕，除了使我憎恨报纸，憎恨这人的卑鄙的自发势力的一切以外，——我为它的**鬼鬼祟祟**，为它的相等的字数的诡诈而憎恨它。"

没有脸——是一张报纸！
报纸笼罩着整个巴黎——
从头顶到肚脐。
算了吧,少女！
你生养一个
报纸的读者。

他们灌得酩酊——"跟姐妹同居"——
大醉——"杀死了父亲！"——
灌得酩酊大醉——因为空虚
他们喝得醉醺醺。

是什么等待着这些老爷——
是黎明还是日没?
空虚的饕餮,
报纸的读者！

报纸的读者——读吧,诬陷的读者,
报纸的读者——读吧,贪赃的读者,
没有一栏——不是谣诼,
没有一段——不是龌龊……

啊,你们将要接受最后审判——
拿着什么——在公众面前出现!
时间充裕的家伙,
报纸的读者!

他走了! 不见了! 已经消逝! ——
母亲的恐惧早已过时。
母亲啊! 谷登堡的**印刷机**①
比贝特霍尔德的**灰烬**更恐惧!②

莫如把他们送进坟山,
与其送进溃脓的医院,——
那些疮痂的搔痒者,
那些报纸的读者!

谁让我们的儿女们堕落——

---

① 谷登堡(约 1400-1468),德国人,研究出金属活字版,用压印原理制成木质印刷机械代替手工印刷。
② 贝特霍尔德(黑皮肤的人),德国修士,炼丹术士,可能发现过火药(约 1313 年)。

在他们风华正茂的时刻?
那些血液的搅拌者,
那些报纸的**写作者**!

瞧吧,朋友,当我手握着诗稿,
在魔鬼般的日报
编辑的面前——
没有地方比这里更空闲!——

那就是说——在**非人面**前
站立的那一瞬间
所想到的东西,
远比这些诗句
更要强而有力!

1935 年 11 月 1-15 日

范　弗

给一个孤儿的诗 *

路上走来一个小家伙，

坐在那里浑身打战。

路上走来一个老太婆，

对这个孤儿深表爱怜……

---

　*　组诗共七首，是献给诗人阿·施泰格尔（1907-
1944）的。茨维塔耶娃与他通信前并不认识他，而是通过他
的姐姐、女诗人阿拉·戈洛温娜认识的。1936 年 8 月至 9 月
间，她在萨瓦的一个小山村逗留时收到了患肺病而又刚刚遭
到不幸的爱情的施泰格尔的来信，信中充满绝望的求援的
"哀号"，——茨维塔耶娃立即热情地复了他的信——每天
一封，鼓励他，安慰他，寄去给他的诗。然而施泰格尔看来是
一个十分平庸而又软弱的人，他经不住潮水般向他袭来的感
情和关怀，而且他又是一个巴黎的名士派忠实的儿子，因此，
便冲出肺结核疗养院而回到那个圈子里去。9 月他收到茨
维塔耶娃的充满愤懑的回答。
　　题词引自俄国革命家卡尔·彼得松（1877-1926）的诗
《小孤儿》。

1

高山上寒冰的皇冠——
只对易朽的人才是紧箍咒。
我今天要把它压扁，
分个头缝给那城堡的石头。①

我今天在条条大路上
已把青松的身躯超过。
我今天带来了郁金香——
就像揪着小孩的下颏。

1936 年 8 月 16–17 日

2

我拥抱你——用高山的视野，
用悬岩的大理石的桂冠。

----

① 指中世纪阿尔辛城堡，后改为旅馆，1936 年夏茨维塔耶娃曾多次前来这里探望下榻于此的友人们。

（我用聊天来使你奋跃——

让你呼吸得轻松，睡得香甜。）

用封建主的城堡两侧石屏，[①]

用常春藤的皮毛般的手——

你可知道——那拥抱着石墙的常春藤

有一百零四只手臂和溪流？

然而我不是金银花，也不是常春藤！

就连手臂使我感到亲切的你，

也不会被砸扁，而被赋予自由驰骋——

驰骋于我的思想的一切领域！

……用花坛的圆圈，用水井的圆环

---

① 茨维塔耶娃在 1936 年 8 月 11 日致施泰格尔的信中
说："我现在觉得自己是自己的城堡，您住在这里。空空荡
荡，巨大的，**平安无事的**，并且从四面八方包围着您——但是
这种包围是那般宽阔——因此里边要多少地方都有，而且您
可以到处行走，没有查禁的房间——而且在这一切之上有一
个巨大的空空荡荡的回音响亮的阁楼，修有哥特式船形拱
顶——其上还有一个拱顶——而在最顶上是铜钟。"

关于这座城堡，见前页注①。

阿纳托利·施泰格尔

——石头落入井里就会万劫不复!
用孤寂生活的互相隐瞒,
用我的完全的伶仃孤苦!

(因而银色的发丝不是一绺
编入我的淡褐色的发毛!)
……还要用水分两路的河流——
为了创造一个岛子,好来拥抱。

用整个萨瓦和整个皮埃蒙,
并且——稍稍折弯脊梁——
我拥抱你——用蔚蓝色天穹,
还要用我的一双臂膀!

1936 年 8 月 21-24 日

3

(洞穴)

若是我能够——我就会带你
到洞穴的深处:

到龙的洞穴里，

到豹子的荒凉峡谷。

到豹子的爪子那里，

——若是我能够——我就会带你。

到大自然的床上，到大自然的怀抱。

若是我能够——我就会揭掉

我那豹子皮……

         ——我就会把它**送给**荒凉峡谷——用作

  学习：

到灌木丛里，到木贼里，到小溪边，到常春藤

  那里，——

到那个地方，在那里在打瞌睡中，在慌乱中，在昏

  暗中，

树枝和永恒的婚姻交织在一起……

到那个地方，在那里在花岗岩中，在幼椴树内皮中，

  在牛奶中，

双手和永恒眼睑交织在一起——

犹如树枝与小溪……

到没有光亮的洞穴之中,到没有人迹的洞穴之中。

若在树叶当中,若在常春藤当中,若在常春藤当
　　中——犹如在斗篷之中……

无论是白昼,还是黑面包:

若有露珠,若有树叶,有树叶——犹如结成姻缘……

为了进入大门——不用敲击,

为了进入窗棂——不用叫嚷,

为了以后想要进入——但愿不会**发生**,

为了永久不会收场!

然而洞穴——还嫌不够,

还有荒凉峡谷——也嫌不足!

若是我能够——我会带你

到娘胎的——洞穴深处。

若是我能够——

我会带你。

　　　　　　　　　　　　　1936 年 8 月 27 日

　　　　　　　　　　　　　　　萨　瓦

4

在寒冰上——

是亲爱的人，

在雪地上——

是亲爱的人，

在寒冰上，在圭亚那，在**地狱**——是亲爱的人！

在疮痂上——是心上人，

来自乡村墓地——是心上人：

做一个客人吧！——哪怕是剩下牙齿和骨头——是

　心上人！

膝腘的忧愁

到模糊的黑暗

腹部的最后的搏斗——是心上人。

既没有那样的陷坑，也没有那样的深渊——

是亲爱的人！是心上人！是可怜的人！是有病

的人！

5

说话急促的人——犹如小溪流水

在喷涌：——亲爱的人！有病的人！心爱的人！

拖长声调讲话的人——比忧愁持续更长久：

——虚痨的人！勉强活着的人！羸弱的人！纸做

　的人！

从嘴到腹部——纵向的伤口：

——亲爱的人！心爱的人！可怜的人！有病的人！

1936 年 9 月 9 日

6

我终于遇到了

我需要的同伙：
谁人应该死去——
那就是我。

眼睛要观赏彩虹，
牧场要有黑土地广袤无涯，
一个人若是需要另一个人——
那就是他。

比彩虹、比春雨、
比一只手臂更加所需，
一个人要有一双手臂——
那就是握在我手里。

比拉多加湖更宽广，
比高山更加赤诚——
一个人若是应该有创伤——
那就是握在我手中。

为了有**伤口**的手臂
给我带来的后果，——
这只手臂立刻就会

301

为了你而投入篝火！

1936 年 9 月 11 日

7

在关于另一种、异己的以及像宝藏一样
没能找到的东西的心头，
一步紧跟一步，罂粟挨着罂粟，——
我要让整座花园失首。

就这样，什么时候，
在干旱的夏季，在边境上的田畴，
死亡用漫不经心的手
砍掉我的头。

1936 年 9 月 5–6 日

当我瞧着那飞舞的树叶
飘落在鹅卵石的路面，
好像被画家的彩笔扫掠，
他终于把这幅画**画完**，

我思忖着(任谁也都不再叹赏
我那沉思的样子和我那姿态)，①
树顶上有一片叶子明显枯黄，
尽是铁锈色的斑点——被人忘怀。

1936 年 10 月 20 日

---

① 这行诗是据阿·托尔斯泰的短诗"在喧闹的舞会当
中,偶然地……"诗句改写的。茨维塔耶娃大概很喜爱这首
诗以及柴可夫斯基为这首诗谱写的浪漫曲,曾多次引用其中
的诗句。

一如你睁大双眼望着蓝天
大叫一声——大雷雨就在瞬间！

一如你向过路人瞥了一眼
大叫一声——爱情就在面前！

透过冷漠而又乏味的苔藓
我也大叫一声——有了诗篇！

1936 年

1938-1939. 6

致捷克的诗章*

九　月

1

这地方富饶而又宽广。

只有一件事令人悲哀——

捷克人没有海洋。

捷克人面前出现了泪海——

他们不需要食盐！

---

　　* 《致捷克的诗章》由两组诗构成：《九月》和《三月》，总共十五首，是在捷克斯洛伐克 1938 年 9 月和 1939 年 3 月发生的事件的日子里创作的。1938 年 9 月德、意、英、法四国在慕尼黑签订协定，将苏台德省从捷克斯洛伐克割让给希特勒德国、资产阶级匈牙利和封建主波兰瓜分。1939 年 3 月，法西斯德国占领了捷克斯洛伐克。

盐的贮量够用很久！
奴役的三百年，
二十年的自由。①

不是游手好闲的、鸟儿般的自由——
而是上帝赐给的、属于人的自由。
一个民族的
平和的田畴——

二十年的雄伟壮丽，
二十年讲着各种方言。
三百年的奴役，
自由的二十年——

属于人人。二十年乐业安居——
属于人人。二十年科学和搏斗——

① 自 1620 年起，亦即反对奥地利哈布斯堡王朝起义被镇压后，捷克丧失了民族独立，直到 1918 年止，处于奥匈帝国的统治下。1918 年 10 月建立独立的捷克斯洛伐克国家，11 月宣布为共和国，存在到 1938 年 9 月。1939 年 3 月，斯洛伐克另立国家，而在捷克土地上则建立了德国保护国波希米亚和摩拉维亚。

属于人人。二十年劳动属于——

每一个人，只要有两只手。

在学校和田地——

看啊——幼苗何等烂漫！

三百年的奴役，

自由的二十年。

捷克的客人啊，①

请你们作证，大家一起，——

播种了——用满把的种子，

建成了——用全部的荣誉。

两个十年啊（况且

不是整整二十个春秋！）

没有什么地方，在这世界

能这样放开思想和歌喉。

---

① 二十年代初，由于苏联革命，许多文艺界人士移居
捷克斯洛伐克，其中包括茨维塔耶娃。

由于痛苦而显得阴郁，
伏尔塔瓦河水呜咽悲酸——①
三百年的奴役，
自由的二十年。

我的故乡，我的捷克天堂，
你像一只雄鹰安安静静
坐在耸入云霄的悬崖上——
你究竟出了什么事情？

被割掉了——群山，
被调走了——河流……
……奴役的三百年，
二十年的自由。

村村镇镇把幸福编织——
五光十色，柳绿花红。

----

① 伏尔塔瓦河的两岸坐落着捷克斯洛伐克的首都布
拉格。

捷克的双尾雄狮,①

你究竟出了什么事情?

一群**狐狸**战胜了

森林的领袖!

三百年的奴役,

二十年的自由!

听吧,森林的每一棵树木,

伏尔塔瓦河,你也要倾听!

狮子在吟诗,充满了愤怒,

啊,伏尔塔瓦河——光荣!

你的全部的灾难

转瞬即逝——不会长久!

过了奴役的夜晚,

便是自由的白昼!

1938 年 11 月 12 日

———————

① 双尾雄狮为捷克斯洛伐克共和国国徽图案的一部分。

2

群山是野牛出没的佳境！
黑魆魆的森林，
山谷在水中倒映，
群山高耸入云。

这地方最舒畅自由，
这地方最富饶丰满，
这些高山和小丘
是我儿子的家园。①

山谷是鹿群的牧场，
野兽不会受到虚惊——
农舍有屋顶遮阳，
而在莽莽的森林中，

不论你在哪里转悠，

---

① 参见《给儿子的诗》题解。

也不会遇到一支枪。①
这些山谷和溪流
是我儿子的故乡。

我在这里把儿子养育，
而流逝的是光阴？
是潺潺小溪？或许
是雪一般白的鹅群？

……醋栗果正在庆贺
充满喜悦的夏天。
这些草屋和茅舍
是我儿子的家园。

投生来到这尘世，
就是投生到了天堂，
上帝创造了波希米亚，同时
赞不绝口："多么美好的地方！

---

① 二十年代茨维塔耶娃在捷克斯洛伐克侨居时，森林
是禁猎区。

"一切礼物都是大自然赐予，

全都算上——一样不少！

同我儿子的家园相比，①

更加美丽富饶！"

捷克的地下——

是溪流和矿藏的联姻！

上帝创造了波希米亚，

又啧啧称羡："多么美好的作品！"

在我儿子的家园，

万物一应俱全，

只是没有一个人

没有爱国之心。

谁若是霸占了宁静的乐园，

连同野兔和扁角鹿，

还有野鸡的羽毛斑斓……

———————————

① 指耶稣诞生的地方。

他们就该受到咒诅！

谁若是出卖了世代居住的故土，
让人们丧失了祖国！
他们就实在可恶，
他们永世不得宽赦！

我的家邦，我的被匆匆全部
出卖了的家邦——连同走兽飞禽，
连同奇妙的菜圃，
连同那山岩嶙峋，

连同各族人民，——
他们丧失了栖身之所，[①]
在田地里呻吟：
"祖国啊，我的祖国！"

---

① 捷克作家捷斯科娃于 1938 年 9 月 4 日在给茨维塔
耶娃的信中写道："为那些从自己的家园里被赶出来的可怜
的人们而感到十分痛苦……"

波希米亚！上帝创造的！
你不要直挺挺地躺着不动！
上帝过去乐于给予，
今后依旧乐于馈赠！

你的所有的儿女们
举起手来宣誓——
为了丧失祖国的人们，
为了他们的家乡而赴死！

1938 年 11 月 12–19 日之间

3

地图上有一个地方——
你看上它一看——就会怒火中烧！
每一座小小的村庄
都在深重的苦难中备受煎熬。

像一把斧头，边境的界桩
把这块国土割裂。

世界的机体上出现一块毒疮——
它会吞噬掉一切!

从门廊到山鹰的巢栖——
到秀丽如画的山峦——
方圆几千公里
沦陷中的江山——

是一块毒疮。
        捷克人躺下休息——
他被活活地葬埋。
各民族的胸膛里
有一块创伤——**我们的人被杀害**!

只有那个地方才能称作
兄弟之邦——泪如泉涌!
为肮脏的勾当庆贺吧,脑满肠肥的家伙!
这肮脏的勾当已经得逞。

脑满肠肥的家伙,你该向犹大致敬!
而我们却怒气冲天——

那是我们的光荣——
地图上有个地方荒无人烟。

1938 年 11 月 19–22 日

4. 一名军官

在捷克苏台德地区森林稠密
的国境线上,一名带领二十个士
兵的军官,把士兵留在林中,独自
跑到大路上,开始向逼近的德国
鬼子射击。其下落不明。

——引自 1938 年 9 月报章

捷克林海——
最最森然。
话说——九百
三十八年。

"何月何日?"回声激荡山巅——
"德国鬼子进犯捷克的那一天!"

318

森林——微微泛红，
天色——呈现灰蓝。
二十个士兵
和一名军官。

前额凸起，脸盘儿圆圆，
一名军官守卫着国境线。

到处是我的森林，
到处是我的灌木，
到处是我的房屋，
是我的——这房屋。

我决不会交出森林，
我决不会交出房屋，
我决不会交出家园，
我决不会交出寸土！

树叶儿晦暝。
心儿一阵慌恐——

是普鲁士人的脚步声？
抑是心儿跳动？

别了，我的森林！
别了，我的时光！
别了，我的家乡！
是我的——这家乡！

即使整个儿家乡
遭到敌人的践踏！
我也决不会交出
脚下的一块**石头**！

皮靴声橐橐。
"德国鬼子！"树叶儿说。
钢铁声隆隆。
"德国鬼子！"整个森林说。

"德国鬼子！"群峰
和洞穴隆隆声响。
他留下了士兵。

军官——匹马单枪，

钻出小树林——他矫若游龙，冷不防
扑向大部队——举着一支左轮手枪！

枪声噼啪鸣放。
整个儿森林噼啪山响！
森林——掌声雷鸣！
整个儿——掌声滚动！

只要枪弹还在向德国鬼子扫射，——
整个儿森林都在向他鼓掌致贺！

针叶、簇叶，
槭树、松树，
整个儿一片
茂密的林木——

都在传递
大好消息——
得救了啊，

捷克的荣誉!

这就是说——国家
压根儿不会投降,
这就是说——战斗
终于——**打响**!

"万岁,我的家园!"
"德国佬,你狗胆包天!"
……二十个士兵。
一名军官。

1938 年 10 月–1939 年 4 月 17 日

三　月

1.（摇篮曲）

很久以前,梦魇
哼哼着催眠曲,走遍村村落落——
"睡吧,乖乖! 要么

把你交给凶狠的鞑靼屠伯!"

不管夜色漆黑,还是月光清澈,
睡梦沿着图林根山冈哼着儿歌——①
"睡吧! 日耳曼人! 要么
把你交给瘸腿的匈奴恶魔!"

如今,催眠曲荡漾波希米亚全国,
回旋在她的各个角落——
"睡吧,波希米亚人! 要么
把你交给德国猪猡希特勒!"

1939 年 3 月 28 日

2. 残垣断壁

袭击瓦茨拉夫的城池的家伙——②

------

① 图林根,德国历史上的一个省,五世纪时曾受到匈奴侵袭。
② "瓦茨拉夫的城池"指布拉格。圣瓦茨拉夫公爵(约 908-929)被认为是捷克和她的首都的庇护人。布拉格的中心广场被称为瓦茨拉夫广场。

就像野火把春草吞没,——

赏玩波希米亚雕塑之徒！——①
就像灰烬掩埋了房屋,

就像暴风雪把界碑席卷……
捷克人！请告诉我——伊甸园

剩下了什么? ——残垣断壁。
就像瘟疫使墓地欢娱!

袭击瓦茨拉夫的城池的家伙——
就像野火把春草吞没,

向我们发出最后通牒的人——
就像洪水正在向窗下逼近。

就像灰烬掩埋了房屋……

---

① 捷克斯洛伐克很久以来便以从事琢磨玻璃和天然
水晶的能工巧匠而闻名。

桥梁和广场的上空在哀哭——

那是双尾雄狮在啜泣……
就像瘟疫使墓地欢娱!

袭击瓦茨拉夫的城池的家伙——
就像野火把春草吞没,

毫不胆战心惊掐死人的歹徒——
就像灰烬掩埋了房屋。

起来响应吧,活着的人们!
布拉格比庞贝还要死气沉沉——

我们徒然地把脚步、声音寻觅……
就像瘟疫使墓地欢娱!

1939 年 3 月 29-30 日

3. 鼓　声

在波希米亚的各个城市中，
鼓声为什么唠叨个不停？
"放弃——放弃——放弃
边境——不顾名声，边境——不必交锋。"
在思索——思索——思索的
灰溜溜的灰烬下面——前额微倾……
"咚！
咚！
咚！"

在波希米亚的各个城市里，
或许那不是鼓声
（是群山在怨怒？是岩石在低语？）
而在被镇压的捷克人的心中
愤——怒
一如霹雳：
"我的
家园

在哪里?"①

在各个死去的城市中

鼓声在发号施令:

"乌鸦! 乌鸦! 乌鸦

出现在赫拉德恰尼宫!"②

像镶入镜框,镶入覆满冰凌花的窗棂——

(咚! 咚! 咚!)

枭雄!③

枭雄!

枭雄!

                                        1939 年 3 月 30 日

----

①　捷克国歌开头的一句。
②　赫拉德恰尼古堡为捷克总统府。
③　指希特勒从赫拉德恰尼古堡窗口瞭望被占领的布拉格的照片;这张照片曾登载在法国的报纸上,茨维塔耶娃将其剪下作为资料保存起来。

"伊诺瓦"旅馆(巴黎帕斯捷尔街心花园 32 号),
1938 年 9 月中旬起茨维塔耶娃在此住宿

4.致德意志

青翠的群山环侍，

啊,你这位美妙绝伦的处子——

德意志!

德意志!

德意志!

可耻!

你这星星的灵魂,①

侵吞了半张地图!

从前——你用童话迷惑人们,

如今——开着坦克长驱直入。

在捷克农妇的面前——

你是否垂下了眼睑?

当你驾着坦克隆隆轧过

① 对"你这星星的灵魂"这句诗一种解释说,在中世纪的精灵论中,星星的精灵是火的精灵,陨落的天使;另一说认为,此句是"超凡脱俗的灵魂"之意,即把德意志看作是浪漫主义的故乡。

她寄予希望的麦田。

面对这个**小小的**国度,
面对她那深重的痛苦——
德意志人啊,德意志的子孙,
你们的心中有何感触?

啊,狂妄的木乃伊!
啊,妄图称霸称王!
你耗尽了精力,
德意志啊!
你在制造
疯狂,
疯狂!

一个力大无穷的人,
一定能战胜蟒蛇缠身!
祝你健康,摩拉维亚!
斯洛伐克,**愿你一展斯洛伐克魂**!

转入水晶的地下,①

你要准备好还击——

波希米亚!

波希米亚!

波希米亚!

向你致意!

1939 年 4 月 9-10 日

5.三　月

一本地图集好像一副扑克,

整副牌都被重新洗过!②

每年三月都有热闹看——

"祝贺伸延边界,增加新的份额!"③

---

①　捷克斯洛伐克开采并加工水晶矿石。

②　"扑克"的原文另一种意思是"地图";"重新洗过"
也可作"重新安排"解释。这里都是双关语。

③　1938 年 3 月法西斯德国并吞了奥地利,1939 年 3 月
占领了捷克斯洛伐克。

太沉重了啊——三月的代役租——

土地——山脉——

嘿,赌徒!

嘿,牌桌!

手里握着满把的王牌——

一些虽然有勋章佩戴

却没有头脑的国王,[①]

一些狡猾的**奴才**。[②]

"我既要肥肉,我也要骸骨!"

就是这般赌法——那些老虎!

全世界都将记住

三月的牌赌。

当作自己的王牌,

[①]　此句诗可能指英国国王乔治六世(1895-1952),他
在位期间,首相张伯伦(1869-1940)同希特勒签订了瓜分捷
克斯洛伐克的《慕尼黑协定》,执行纵容德国法西斯侵略的
绥靖政策。

[②]　"奴才"一词原文另一个意思是扑克牌中的"杰
克",这里是双关语。

拿欧洲地图来赌钱。

（让赫拉德恰尼山

变成塔尔珀伊亚悬岩！）①

残暴的行径没有碰着

枪弹——布拉格的鄙薄。

布拉格算老几！维也纳又算什么！

豁出去了——直捣莫斯科！

倾注着捷克的暴雨，

还有布拉格的仇恨切齿。

"元首，你要切记，切记，

切记三月望日！"②

1939 年 4 月 22 日

---

① 指罗马卡皮利丘悬岩，古代称为塔尔珀伊亚悬岩，
古罗马时代将被判死刑的人从此悬岩上抛下去。

② 公元前 44 年 3 月 15 日（"三月望日"）这一天，盖乌
斯·恺撒（前 100-前 44）被暗杀。

据茨维塔耶娃的稿本中记载："'一本地图集好像一副
扑克……'一诗中必须加进去：'三月的牌赌'与'三月望日'
呼应：'元首，你要切记，切记，切记三月望日……'"

6. 掠取了……

捷克人走到德国鬼子跟前,向他们吐口水。

——见 1939 年 3 月报章

掠夺得既神速,掠夺得又轻便——

掠取了山峦,掠取了矿产,

掠取了钢铁,掠取了煤炭,

掠取了水晶,掠取了锡铅。

掠取了苜蓿,掠取了砂糖,

掠取了西部,掠取了北方,

掠取了禾垛,掠取了蜂箱,

掠取了南部,掠取了东方。

掠取了卡尔斯巴德,掠取了塔特拉山,①

---

① 卡尔斯巴德,捷克斯洛伐克的疗养地;塔特拉山,捷克斯洛伐克的山脉。

掠取了腹地,掠取了穷边,

然而比夺走人间天堂更痛苦不堪!——

挑起了战争——夺走了故园。

掠取了子弹,掠取了刀枪,

掠取了情谊,掠取了臂膀……

然而只要还有口水——在口腔——

举国上下也就有了武装!

1939 年 5 月 9 日

7. 森 林

你可见过伐木? 抡起斧头——叮咚!

橡树一棵接着一棵——齐根削平。

可是刚刚被砍掉——却又复活!

森林——不会绝种。

如同砍伐的森林,俄顷! ——

复又变得一片葱茏,

（青苔如同绿色的轻裘！）

捷克人——不会死净。

1939 年 5 月 9 日

8

啊，泪水充盈着眼窝！①

愤怒和爱的泪——如雨下！

啊，浸在泪河里的捷克！

浴在血泊里的西班牙！②

---

①　这首诗写作开始于 1939 年 3 月 15 日，亦即捷克斯洛伐克被占领的那一天。茨维塔耶娃在这一天的笔记中写道："1939 年 3 月 15 日——进入布拉格。七时四十五分赫拉德恰尼古堡［总统府］灯火通明，旗帜飘扬。全体布拉格市民集合在广场上：最后一次国歌，全体群众一边唱着一边哭泣。16 日连续不断的游行，军乐队演奏，布拉格全城都是军官。人群向着为捷克独立而牺牲者纪念碑走去：群众找到了自己的道路……3 月 15 日适逢奥地利维也纳被德国法西斯吞并周年。"

②　1939 年 3 月西班牙共和国被摧毁，佛朗哥统治时期开始。茨维塔耶娃在信中和笔记中曾多次悲愤地谈到西班牙事件。她曾把西班牙被强制法西斯化称为"把死人的血注入活人的躯体里"。

啊，黑压压的山岑

把全部光明——遮住！

赶紧——赶紧——赶紧

把入场券退还给造物主。①

我拒绝——苟且偷安。

我拒绝在豪强

疯人院里——苟延残喘。

我拒绝同广场上

豺狼一起——狂吼。

我拒绝与平原上

---

① "把入场券退还给造物主"一句是对陀思妥耶夫斯基的长篇小说《卡拉马佐夫兄弟》中主人公之一伊万·卡拉马佐夫的一段话的暗喻：无辜者的遭遇，无论是以对折磨者的报复，还是以基督的摩西在人世间的天堂的世界和谐，都不能得到补偿。"和谐被估价得太高了，我出不起那样多的钱来购买入场券。所以我赶紧把入场券退还。只要我是诚实的人，就理应退还，越早越好。我现在正是在这样做。我不是不接受上帝……只不过是把入场券恭恭敬敬地退还给他罢了。"（第二部第二卷第五章《叛逆》，人民文学出版社，1981年，页367）

鲨鱼随波逐流——

兴风作浪。

我既不需要耳朵敏锐，

也不需要眼睛洞察一切。

对你的疯狂的社会

回答只有一个——拒绝。

1939 年 3 月 15 日–5 月 11 日

9

不是魔鬼——追逐高僧，

不是痛苦——追逐英才，

不是皑皑高山上的雪崩，

不是洪水的泛滥成灾，——

不是野兔——在草丛中守候，

不是森林中熊熊的火海，

不是暴风雨下的白柳，——

追逐元首的是——孚里埃①!

1939 年 5 月 15 日

10. 人　民

枪弹也不能使他屈服,
声色也不能惑乱他的心!
我敬仰地一下子停住——
"人民啊! 何等的人民!"

人民——如同诗人
是普天之下的代言人,——
就连诗人也敬仰地停止——
"人民啊! 这般的人民!"

如果说无论是暴力还是神威,

----

①　据希腊罗马神话传说,孚里埃是罗马的地府精灵,
司复仇和良心谴责的女神,同复仇女神厄里倪厄斯混成一
体。

都不能使这样的人民卑躬屈节，——

那么死缠活缠怎能使人民崩颓？

竟然死缠活缠想把花岗岩掳掠！

（他闭门把小石头琢磨，①

并且珍藏起光荣的史牒……

石榴石埋藏在你的心窝——

它在燃烧！——**在创造着磁铁**。）

……从自己的胸膛掏出**镭**来奉献，②

是这般的大度慷慨！

这样的人民——在欧洲中间——

难道应当遭到活埋？

上帝啊！假如你也是**这样的**，

你就不要让我所热爱的人民

① 琢磨石头、水晶和玻璃是捷克的传统手工业。

② 茨维塔耶娃赋予"不死的"镭以特殊的意义，并打算为此写一首诗。她在给捷斯科娃的信里说："请写信告诉我，在您的国家具体来说到底何处产镭？……具体来说，在何处，**在哪一座山里产镭**？我为了写诗急需此情况。一会儿请给我寄一张景观图……"

同着圣像一起安息——

而要同活人一起抖擞精神!

1939 年 5 月 20 日

11

人民啊,你不会灭亡!

保佑你的是上苍!

他给你石榴石般的心脏,

他给你花岗岩般的胸膛。①

人民啊,愿你昌盛兴旺——

像石碑一样坚硬刚强,

像石榴石一样热情奔放,

像水晶石一样纯洁明朗。

1939 年 5 月 21 日

巴 黎

---

① "花岗岩"原文另解为"性格坚强的人",双关语。

山之诗

啊,亲爱的,这话可能让你大吃一惊? 所有离别的人说起话来都像醉汉,而且喜欢一本正经。

——荷尔德林①

献　词

只要抖动一下——就会卸掉负荷,
心灵就会冲向山巅!②
让我来把痛苦讴歌——
讴歌我那座山。

---

① 题词引自荷尔德林的长篇小说《许佩里翁》。
② 此行诗系据教会斯拉夫语"举目仰望山巅"转化而成,意即"向上"。

无论是现在,还是今后,
我都不会把黑洞堵塞。
让我屹立山头,
来把痛苦讴歌。

1

那山恰似新兵的胸膛累累伤痕——
他被炮弹击倒在地。
那山想要亲吻处子的嘴唇,
那山要求举行婚礼。

海洋化作了一片欢呼——
骤然之间闯入了耳郭!
那山在追逐,
那山在肉搏。

那山好像雷霆在怒吼。
我们妄然同巨人调戏!
你可记得郊区的尽头——

那山的最后一座屋宇？

那山就是尘世人寰！

为保安宁，上帝索取高昂。

痛苦本是从山起源。

那山凌驾于城市上方。

2

不是帕纳索斯山，不是西奈山，①

只是一座驻兵的光秃的山冈——

向右看齐！开枪！

然而不知为什么，依我的眼睛观看

（既然是十月秋寒，而不是五月春光）

那山——竟是天堂？

　①　帕纳索斯山，据希腊神话传说，是太阳神阿波罗和
文艺女神缪斯的居住地。西奈山（旧译西乃山），据《旧约·
出埃及记》第十九章记载，摩西在此山上接受上帝传给以色
列民族的律法戒命，故西奈山成为摩西代表以色列民族和上
帝立约的圣山。

3

仿佛被赐予掌上的天堂——
千万别去触动,既然灼热!
直奔你的脚下——那山冈
嶙峋陡峭,且又坎坷。

好像用灌木丛和针叶林
伸出的枝桠把巨人拦阻,
那山抓住我们的衣襟,
同时大喝一声:"站住!"

啊,远非什么乐园——
穿堂风漫天吹刮!
那山把我们撂倒,仰面朝天,
那山诱使我们:"躺下!"

猛攻之下,有些张皇失措,
如何是好? 至今难以领悟!
那山仿佛一个撮合者——
对圣徒指出:"就在此处……"

4

珀耳塞福涅的石榴子!①
严寒的冬天里怎能把你忘怀?
我记得那嘴唇,与贝壳极相似,
向我的双唇微微张开。

被石榴子葬送的珀耳塞福涅!
那永不消退的嫣红色的嘴唇,
还有你那睫毛——恰如倒钩交迭,
胜似轮齿一般的金色的星辰……

5

激情既不是欺骗,也不是虚构,
它也不会说谎;——万万不可拖延!

----

① 据希腊神话传说,女神珀耳塞福涅被冥王哈得斯劫
到冥界并被迫吞下六颗石榴子——姻缘不断的象征,这样她
便不能离开冥界。后来珀耳塞福涅被救出,但只能部分时间
在地上与母亲相聚,其余时间仍得在冥界度过。

啊,那该多美好——假若我们能够
作为爱情的凡人来到这世间!

啊,假如只是一座小丘,只是山冈——
那也便心安理得,干脆而又简单……
(据说,凭着对深渊的向往,
人们测量山峦的水平线。)

在一簇簇褐色的帚石南中间,
在一丛丛饱经苦难的针叶林里……
(谵妄超越生命的水平线)
"占有我吧!我——是你的。"

然而家庭的恬静温馨,
然而婴儿的咿呀语声——可叹!
因为作为爱情的天神,
我们来到了这人世间!

6

那山感到忧伤(在离别的时分,

群山以苦涩的泥土寄托惆怅），

那山为我们的清静的早晨

鸽子般的柔情而感到忧伤。

山为我们的友谊而伤悲——

嘴唇的牢不可破的亲情！

那山说：按照各人的眼泪，

——都会得到报应。①

山还说，生活好像流浪的吉卜赛人群，

整个一生就是心灵的集市！

山还感到忧心如焚：

夏甲被放逐——尽管有了孩子！②

山还说，这是精灵在作怪，

嬉戏中不存在什么阴谋。

---

① 见《新约·启示录》第二十二章："要照各人所行报
应他。"诗行按此句改写。

② 据《旧约·创世记》第十六章和第二十一章记载，夏
甲系亚伯拉罕之妻撒莱的婢女，撒莱因不育，便让亚伯拉罕
与夏甲同房，夏甲遂有子，名以实玛利，但后来仍遭驱逐，与
子生活在旷野。

那山说，我们要缄默以待。

听凭人们去对痛苦评说。

7

山在忧伤：如今既是热血，又是春情，

但是将来只会化作绵绵忧戚，

山说，它不会放我们登程，

不准你同别的女人一起。

山在忧伤：如今既是罗马，又是世界，①

但是将来只会化作轻烟缕缕。

山说，我们应当去同别的人们交结

（我不会把那些别的人们妒忌！）。

山为海誓山盟的重负而悲痛，

这山盟海誓后来却遭到诅咒。

那山说，义务和激情——

①　"既是罗马，又是世界"，意即"一切"，出自罗马教皇"致罗马和全世界"呼吁用语。

戈耳狄俄斯之结早已经陈旧。①

山为我们的痛苦而忧心忡忡——

明天！不是马上！并非"可要记住"，②

而是一片汪洋降临头顶！

明天——我们将会彻底醒悟。

声音……似乎有人——听……

在啜泣，近在身旁？

我们所有人都知道，人生

就是乌合之众——市场——病房……

踏着这样的泥泞，我们孤单单

陷入了人生——那山为此而悲痛。

---

　　①　据希腊神话传说，戈耳狄俄斯原系农民，因其牛轭
上落了一只鹰，女预言家说，此事预兆他将掌握王权，他登极
后便把那有功的牛车存放在神庙，用极复杂的结子把牛轭捆
到车上。谁能解开此绳结，谁便成为整个亚细亚的统治者。
后被马其顿王亚历山大用剑砍断。
　　②　原文系拉丁文"Memento"，意为"可要记住"，茨维
塔耶娃借用拉丁文句子"memento mori"（"可要记住死亡"）。

山还说,所有的山之诗篇

都是——如此这般——书写而成。

8

那山犹如提坦神——

呻吟着的阿特拉斯的脊背。①

城市将为那山感到骄矜——

在这里,我们起早贪黑,

恰似大牌吃小牌,为生活角逐!

我们执意**不做**狂热者。

不单是十二位使徒,②

不单是白熊的沟壑,——

你们也要尊敬我的阴森的岩洞。

(我,就是岩洞——波涛也曾汹涌跃入!)

---

① 据希腊神话传说,阿特拉斯因同其他的提坦神一起
反对奥林波斯诸神,被罚支撑天宇。

② 布拉格大教堂上有一座古老的大钟,每到中午和午
夜十二点,盘上便打开小门,出来十二个使徒的小雕像。

你可记得那嬉戏的最后进程——
就在那城市郊区的尽头之处？

那山就是尘世人寰！
众神要对他们的相似物报仇雪耻。
痛苦本是从山起源。
那山压在我身上——犹如一座墓志。

9

岁月在流逝，这块镌刻的石头
将会被搬走，换上平滑的石板。①
一处处别墅将在我们的山上兴修，——
前庭将会簇拥着一座座小小花园。

人们说，住在这样的郊区——
空气新鲜清爽，生活优游。

① 茨维塔耶娃在长诗手稿中对诗句"这块镌刻的石
头／将会被搬走，换上平滑的石板"作了如下注释："也就
是说，平滑的石头（石板）将会取代这块石头（压在我身上
的山）。"

人们将划出一片片土地，

横梁鳞次栉比，美不胜收。

我的一切隘口会变得笔直平坦，

我的所有峡谷将翻个底儿朝天！

因为不管是什么人——理所当然

在家都应当幸福，**想幸福**就该返回家园！

想幸福就该**待在家里**，——

想得到不是虚构的爱情，

也无须弄得力尽筋疲！

要做女人——就得忍气吞声！

（家里一直弥漫着幸福！ ——即使他在游逛。）

想得到生离死别也不会削弱的爱情。

在我们的幸福的废墟上，

将会拔地而起——一座夫妻之城。

就在那种温馨的气氛中间，

——作孽吧，暂且还有一把力气！ ——

小铺老板们趁着消闲

一边盘算着如何赢利,

一边琢磨着楼层和路线——
让每一条线都牵到家里!
因为不管是什么人——理所当然
都该有一片筑着鹳巢的屋宇。①

10

然而在那些基石的重压之下,
山不会忘记——那场嬉戏。
只有放荡的人,没有人记性差:
时间的负荷——在山那里!

在时刻都会崩塌的裂缝边缘,
避暑客将意识到,须历时良久:
不是布满庭院的小土山——
而是喷射熔岩的火山口!

---

① "筑着鹳巢的屋宇",据俄罗斯民间迷信传说,鹳是
家庭美满的象征。

亚麻绳捆绑不住巨人！
葡萄园封锁不住维苏威火山！
然而仅凭疯狂的嘴唇
就足以使——葡萄园

被狮子搅个翻天覆地，
流淌出岩浆充满仇恨。
你们的女儿们将会成为老处女！
你们的儿子们将会成为诗人！

女儿，去把非婚生子抚养！
儿子，去同吉卜赛女人们苟合！
你们这些脑满肠肥的家伙，休想
在我受难的地方寻欢作乐！

快死的人躺在床上的咒语——
比奠基石更为坚不可破：
"在我的山上，你们这些蚂蚁，
休想得到尘世的幸福欢乐！"

在人不可知的时日，

在难以预料的期限，

你们全家人将会彻底认识

第七诫的无比巨大的重担。

尾　声

记忆中出现空白，眼睛里

长满云翳：障蔽视线……

我不会单独地回忆起你。

看不见轮廓——白茫茫一片。

没有特征。整个儿——白茫茫，模糊糊。

（心灵布满了一片片创伤。

创伤接连不断。）用画粉标出细部——

这是裁缝的行当。

天穹作为始终如一而创立。

海洋莫非不是由涓滴汇成？

位于戈里岑诺的作家之家

没有特征。的确——特殊的——整体。
爱情乃是关系，而不是追踪。

不管是属于哪一类人——
但愿邻居能说一声：他心明眼亮。
难道激情会把人分割成部分？
我是医生，还是钟表匠？

你是一个圆周，彻头彻尾又始终如一。
始终如一的漩涡，彻头彻尾的破伤风。
我不会单独地回忆起你，
而把爱情割断。二者等同。

（在一连串轻柔的梦境里
——瀑布一落千丈，浪花滚滚——
这话新鲜，听起来会令人惊异——
取代我的是：至高无上的我们……）

然而，在贫穷而艰难的生活中——
（这便是生活的本来面目）
我不曾看到你偕同

任何一个女人：

——记忆的报复。

1924 年 1 月　布拉格斯米霍夫山冈

1939 年 12 月　戈利岑诺①作家之家

---

①　戈利岑诺系莫斯科州的一个市镇。

1940–1941

两个人比皮毛还热！两只手比羽绒还暖！*

头颅的周围有一道光环。

但是即便是在安逸的皮毛和鸭绒之下，

您还是冷得一个劲儿打战！

即便是千只手臂的女神

在巢穴和星光暗淡里面，

无论怎样摇晃着您，怎样唱着摇篮曲，

唉！您都不能入眠……

在不可信赖的卧榻上蛆虫

在吞噬着您(**我们多么可怜！**)

* 这首诗是献给苏联文艺学家、语文学博士叶·塔格
尔(1906-?)的。

将手指伸进多马伤口的人①

至今还没有降落在人间。

1940 年 1 月 7 日

① 据《新约》,多马是耶稣的十二个门徒之一,耶稣死
后复活,他不相信,直到看到耶稣身上的钉痕,并用手指伸进
耶稣的钉子的伤口,他才相信耶稣复活。

谢·雅·埃夫龙

玛丽娜·茨维塔耶娃(中),
戈里岑诺,1940 年冬

他走了——没有就餐：*
食之无味的面包。
无论我伸手去拿什么，
万事都感到穷途潦倒。

……他是我的白雪，
他是我的面包。
白雪也并不白，
面包也并不妙。

1940 年 1 月 23 日

---

* 据推断,此诗系茨维塔耶娃在其丈夫谢尔盖·埃夫
龙被捕之后所写。

是时候了！相对于这堆烈火而言——
我太苍老！

    而爱情比我还要苍老！

五十个一月的
高山！
    而爱情更苍老：
苍老得像蟒蛇,苍老得像木贼。
苍老得胜过利沃尼亚的琥珀,
苍老得胜过一切魅影似的船只,
苍老得胜过石头,胜过海水……
然而胸中的块垒,
比爱情更苍老,比爱情更苍老。

        1940 年 1 月 23 日

你的岁月像一座大山，

你的时代是沙皇的时代。

傻瓜！恋爱已经太苍老。

朋友！爱情更老迈：

苍老得胜过怪物和树根，

苍老得胜过克里特①

石墙的祭坛，

苍老得胜过年长的勇士……

1940 年 1 月 29 日

---

① 克里特岛位于希腊。

阿·亚·塔尔科夫斯基,1940 年前后

我准备了六个人的晚餐……*

我老是把头一行诗叨念，
老是把这句话反复推敲——
"我准备了六个人的晚餐……"
你竟然把第七个给忘掉。①

你们六个一块儿郁郁寡欢。
脸上的泪水有如大雨滂沱……
围坐在这样的餐桌旁边，
你怎么会忘记了那第七个。

---

* 题词引自苏联诗人、翻译家阿·亚·塔尔科夫斯基
(1907–1989)的诗作。茨维塔耶娃归国后曾与塔尔科夫斯基
见过面并通过信。

① 诗中出现的"第七个"指示代词，多半用的是阴性，
因为所指代的"生命"这个名词俄文是阴性。另外诗人自己
也是女性，似乎是双关语。

你的客人们都闷闷不乐，

没有人去动那水晶酒瓶。

他们都很难过，你也难过，

而最难过的是那没受邀请的女性。

既不开心也就不会幸福。

唉！大家都吃不下也不想喝。

——你怎么会忘记了数目？

你怎么在计算上出了差错？

你怎么竟然弄不清楚——

六个人（两个兄弟，第三个

是你自己——还有妻子和父母）

就是七个——既然世上还有我！

你准备了六个人的晚餐，

然而有了六个人，世界便不会荡然无存。

与其做一个稻草人在活人中间，

我毋宁做一个幽灵——陪伴你的亲人……

（我的亲人）……

　　　　　我像盗贼一样惶惑,
啊——我不会把**任何人侵犯**! ——
我作为不速之客的第七个,
坐在没有摆上餐具的位置旁边。

一下子! ——让我碰倒了酒杯!
那难以抑制地涌出的一切——
那伤口的鲜血,那眼窝的泪水,——
从台布上往地板上倾泻。

既没有死别! 也没有生离!
餐桌失去了魔力,房屋已被唤醒。
就像死神去赴婚礼的宴席,
作为生命的我来出席今晚的宴请。

我不是你的兄弟,不是儿子,不是夫婿,
不是友人——可我还是一劲儿抱怨,——
——你准备了六个——人的餐具,
却没有安排我坐在——桌边。

　　　　　　　　　1941 年 3 月 6 日

附　录

玛丽娜·茨维塔耶娃的诗歌世界 *

　　玛丽娜·茨维塔耶娃这个名字,同弗拉基米尔·马雅可夫斯基、安娜·阿赫马托娃、奥西普·曼德尔施塔姆、谢尔盖·叶赛宁、弗拉季斯拉夫·霍达谢维奇、鲍里斯·帕斯捷尔纳克一道,确立了二十世纪最初三十多年的整体俄国诗歌样貌。在上述这些名字即将迎来或已经过去百年诞辰的今天,他们的名字不再为一个个具体的个人所拥有,而是变成了其诗歌神话的代称,他们对于后

　　* 本文为 E. Б. 科尔金娜为《玛丽娜·茨维塔耶娃诗选》("苏联作家"出版社,1990)撰写的序言。E. Б. 科尔金娜,语文学博士,茨维塔耶娃研究专家,莫斯科市功勋文化学者,茨维塔耶娃故居博物馆文化中心"俄罗斯侨民档案"部资深研究员,编有《茨维塔耶娃:生平与创作年谱》(三卷本)等。

代精神生活的影响力正与日俱增。

诗人的命运也和他的诗歌一样,由其独特的个性所确立。确切地说,个性-诗歌-命运形成了诗学世界不可分割的三位一体,这个世界中的所有组成部分意义相同,且共同隶属这个世界。

玛丽娜·茨维塔耶娃的诗学个性是多面的,世界观相互矛盾,其命运充满了悲剧色彩,而她的诗学世界却是完整的、统一的。对其进行完整地描述——这是后人们的事业,但有些初级的特征我们在今天就已经可以获取。

一

玛丽娜·茨维塔耶娃和自己诗歌界的同辈们都属于一个断裂的时代。按照勃洛克的说法,这个时代同时包含了"开端与终结"。这个时代的主要特征是全面的危机和甚嚣尘上的革命运动,而茨维塔耶娃的个性也在这种背景下形成。

玛丽娜·伊万诺夫娜·茨维塔耶娃于一八九二年九月二十六日出生于莫斯科,这一年对于俄罗斯文学来说,意味着两个关涉"终结"和"开端"的事件:十九世纪最后一位抒情诗人费特在这一年去世,而一个新的文学运动——象征主义迎来了首次亮相(一八九二年十月,德·谢·梅列日科夫斯基作了题为《论现代俄国文学衰落的原因及新流派》的公共演讲)。这个将诗歌的注意力从"公共问题"转到个性和个人主义上来的新流派,注定要越出单纯的文学框架,成为一个时代特定的世界感受。①

茨维塔耶娃第一本书的出版时间是一九一〇年,在俄国诗歌史上,这一年宣告了象征主义的危机,而先锋主义流派即将登上诗歌舞台。

这两个时间的并置,使我们可以直观地呈现出诗人个性形成的历史土壤和精神环境:它同样结合了"终结"与"开端",并且由于其发展特性,可以说它对这二者的结合独出心裁。茨维塔耶娃的前两本诗集——《黄昏纪念册》(莫斯科,1910)和《神灯》(莫斯科,1912)——"在精神气质上是同一本书"(作者本人一九二五年的说法),这两本诗

---

① 俄国文学上现代主义、颓废主义和象征主义之间的相互关系问题,至今仍然没有最终解决。大多数学者追随利季娅·金斯堡(确切地说,是维亚切斯拉夫·伊万诺夫)的观点,将二十世纪前十年的诗人称为"象征主义者",而十九世纪九十年代的第一批俄国象征主义者则通常被称为"颓废派"。术语"现代主义"一般指的是十九世纪九十年代至二十世纪前二十年的整段时期。1926 年,茨维塔耶娃为厘清术语的乱象做出了自己的贡献:"我倾向于将十年作为'颓废派'的划分标准,每个十年都有自己的'颓废派'!"(文章《诗人谈批评》,《正统思想》,布鲁塞尔,1926 年第 2 期)——原注

集无论是从主题和时间顺序来说,还是从作者对它们的年龄边界的理解上来说,都可以被称为儿童读物,因为紧随其后的一本诗集名为《少年诗篇》。茨维塔耶娃的这些儿童读物如今能够吸引人,首先是因为它们所在的封闭世界保存了作者-主人公的少女形象,她的阅读领域和那些能够确立诗人个性特点的感受领域。少女时代茨维塔耶娃的抒情诗来自她的阅读经验,但是在抒情诗规则上,这些诗歌与她同时代诗歌通常的风格不一致,茨维塔耶娃的风格一开始就表现出独立于文学模仿和影响之外的特点。书面性体现在作者的生活经验上,体现在印象的选择上,体现在对别人精神体验的领会上。对于这种由书面的"情感教育"所催生的世界感受的特点,卢梭的观点一语中的:"……我不仅毫不费力地学会了阅读,理解所有读过的内容,还获得了独特的、与我的年龄极不相称的有关激情的知识。我对于事物连最基本的认知都没有,但却已经熟悉了所有的感觉。我还什么都没有了解,但已经感受到了一些我还没有的东西。"[1]

　　这样的世界感受是一种艰难的重负,这主要是因为它损坏了个体与现实的自然联系,使心灵世界具有了与外部

---

[1]　让-雅克·卢梭,《忏悔录》(莫斯科,1949),页36。——原注

现实流动不相符合的、翻页的速度。"书籍给予我的,比人给予我的多。"一九一一年四月十八日,茨维塔耶娃在写给M. A.沃洛申的信中这样写道,"我在思想上承受着一切,抓住了一切。我的想法总是走在前头。我会揭示那些还没有绽放的花朵,我莽撞地触及那最温柔的部分,做这些的时候完全是无意识的,我没办法不做! 看来,我成不了一个幸福的人?"①

　　少女时代的茨维塔耶娃陷入对于埃·罗斯丹②、康·巴尔蒙特、瓦·勃留索夫作品的喜爱无法自拔,这些内心生活的遭遇在精神的强度和频率上都尤为强烈,任何外部生活的事件都无法与之相比。那个时候,她就已经更倾向于(用她的说法)"在眼睑之下的"内心世界胜过任何的现实,这种观念在随后几年的"试验和思索"中也并没有被推翻。

　　我们知道,文化现象是能够成为个性建模之"纲领"的。对于年轻的玛丽娜·茨维塔耶娃来说,成为这种"模型"的有俄罗斯画家玛丽亚·巴什基尔采娃③,《黄昏纪念

---

　　① 《普希金之家手稿部年鉴·1975 年》(列宁格勒,1977),页 163-164。В. П. 库普琴科撰文。——原注

　　② 埃德蒙·罗斯丹(1868-1918),法国新浪漫主义诗人、剧作家。

　　③ 玛丽亚·巴什基尔采娃(1858-1884),画家,一生大部分时间在法国度过,她的日记在欧洲各国曾广为传播。

册》便是献给她的,以及德国浪漫主义的代表贝蒂娜·布伦塔诺①,她的多卷本书信体小说在那些年成为茨维塔耶娃的案头读物。②

茨维塔耶娃在少女时代吸收了德国浪漫主义主张解放、延展和确立个性的心理基础。她学习德国浪漫主义者,将创作视为克服"自我"界限的行为,将自我认知视为精神活动之边界。以此为源头,茨维塔耶娃的诗歌世界追求"无界限"的领域,致力于对抒情主人公"我"的还原和变形,渴望拓宽个人经验的领域,倾向于在创作中将自我融于虚空之中。

有必要现在便指出,茨维塔耶娃的诗歌处女作采取了文学之外的设定。她出版第一本诗集是"出于一种与文学无关、与诗歌相近的原因——用它来替代给一个人写信的方式,而除了写信,和这个人的联系已经无法使用别的方式

---

① 贝蒂娜·布伦塔诺(1785-1859),德国浪漫主义作家,代表作为《歌德与一个孩子的通信集》。

② 如今,圣彼得堡国立中央文学艺术档案馆的图书馆收藏了三本书——《克列门特·勃伦塔诺的春花冠》(Clemens Brentanos Frühlingskranz)、《京德罗德》(Bettina v. Arnim. Die Günderode)、《歌德与一个孩子的通信集》(Bettina v. Arnim. Goethe's Briefwechsel mit einem Kinde),上面保留着茨维塔耶娃 1910 年至 1912 年间作过的大量批注。——原注

来实现。我终究从未成为过一个文学家，这个起点意义非凡"。① 然而，当她把这本书寄给当时的大诗人们——瓦·勃留索夫、尼·古米廖夫、马·沃洛申，请他们写评语时，得到的却是肯定的评价。

从旁人的视角来看，这些评价（尤其是古米廖夫和沃洛申的）充满了善意，批评意见十分节制，因此，在茨维塔耶娃第二本诗集《神灯》中突然出现的三首论战性诗歌《唯美主义者》《致瓦·雅·勃留索夫》以及《致文学检察官们》，似乎是她对于"批评"过于爱面子的回应。不过，如今看来这几首诗之所以有意思，并不在于它们具有的论战性，而是因为在这些诗歌中，茨维塔耶娃首次表达了对诗歌和诗人事业的看法。

茨维塔耶娃坚决地否定了象征主义者（确切地说，是勃留索夫）把世界当作幻影、把生活当作文学活动的理由，她肯定了自己的诗歌在生活上更加严肃的性质，而不是其文学性质，认为对她来说诗歌是对生活抒情性的记录，是不可能被"文学检察官们"的裁决改变的。

一年之后，茨维塔耶娃出版了选集《自两本书》——精选了《黄昏纪念册》和《神灯》两本诗集中的作品——并在

---

① 玛·茨维塔耶娃，《散文》（纽约，1953），页217-218。——原注

一九一三年一月为新书撰写了序言,文中她明确地形成了自己对写作任务的看法。在气质上,这完全是阿克梅派的"纲领":

> 这一切都曾经发生过。我写下的诗行就是日记,我的诗歌——是专有名词诗歌。

> 我们所有人都会过去。再过五十年,我们所有人都会在泥土下面。在永恒的天空之下,将会是一批新的面孔。我想要对着所有还活着的人高声呼喊:

> 写吧,再多写一点吧!把每一个瞬间、每一个手势、每一次呼吸都固定下来!但不止要写手势——也要记下抛出这姿势的手的形状;不止要写呼吸——还要记下那嘴唇的开口,轻轻的呼吸正是从那里喷薄而出。

> 不要瞧不起"表面性"!您眼睛的颜色和它们的表情一样重要;沙发的套子并不比坐在沙发上说出的话拥有更少的意味。您要更加精确地记录下来!没有任何不重要的东西!您描述自己的房间:它高耸,或者低矮,房间里有多少扇窗户,窗户上挂着什么样的窗帘,有没有地毯,地毯上有什么样的花纹?……

> 您眼睛和您灯罩的颜色、切割刀以及壁纸上的图

案,您心爱的戒指上的宝石——这一切都会是您被遗弃在浩瀚世界中的、可怜又贫瘠的心灵的外在身体。①

　　这篇"文学宣言"中所描绘的诗歌任务建立在新的实践基础上:首先体现在正在《神灯》结尾的那些剧本中,随后又在一九一三年至一九一四年创作的、进入《少年诗篇》(茨维塔耶娃的第三本、未出版的诗集)中的诗歌作品里。在这些作品中,茨维塔耶娃靠近了时代普遍的一种"唯美主义",而这种普遍的"唯美主义"主要体现在阿克梅主义上。同时代人在描述这种现象时,这样写道:"实际上这也并不是唯美主义,而只是一种看世界的目光,你已经知道,你是最后一次看它,你会带着爱意,努力要真真切切地把即将逝去的事物每一个细节都刻入脑中。我们的这种唯美主义就是对万物的爱——爱每一样东西,每一个声音,每一种思想,人的灵魂每一次的颤动。"②

　　然而,尽管茨维塔耶娃早期创作的现实主义与阿克梅主义有相近之处,并且后来茨维塔耶娃的心理机制、思

---

　　①　玛·茨维塔耶娃,《自两本书》(莫斯科:"奥列·卢却埃"出版社,1913),页3。——原注

　　②　IO. 达尼洛夫,《最后的罗马人》,载《俄罗斯意志》,布拉格,1924年第18/19期,页115。——原注

想体系和用词又都显示出与象征主义的精神相似性,她却拒绝与它们产生过于紧密的联系。茨维塔耶娃在不同的阶段时而是"象征主义的信徒",时而是"阿克梅主义的信徒"①,从这个意义上说,她的命运与弗·霍达谢维奇的文学命运可以相提并论,关于这一点,霍达谢维奇本人在一九三三年的自传中,曾写下这样的片段:"我与茨维塔耶娃——事实上,她比我要年轻,属于象征主义的诗人——谁也没有和对方商量好,却保持着永远的一致性,保持着'野生状态'。文学编目人员和文选编纂者不知道,应该把我们塞到哪一块儿。"②

茨维塔耶娃在形式上不属于任何文学思潮和流派,这与其说因为她在实际上从不属于任何派别,不如说是因为她未曾设定要在任何一种文学序列里面理解她的诗歌。但内在发展的逻辑,将茨维塔耶娃从《神灯》和《少年诗篇》的现实主义引向了象征主义的(无疑,其

---

① 关于这一点可参见 B. 索夫松,《阿克梅主义或亚当主义》,《文学百科全书》(莫斯科,1929),第一卷,第 73 栏;A. 谢利万诺夫斯基,《二十世纪俄罗斯诗歌概况》,《文学研究》1934 年第 7 期,页 8。——原注

② Bл. 霍达谢维奇,《幼年》,载《复兴报》,巴黎,1933 年 10 月 12 日,第 3054 期;转载至《空中航线》,纽约,1965 年第 4 期,页 101。——原注

中有个性化的变形)诗集《里程碑》《离别》以及长诗《红马》。

在《少年诗篇》中,现实生活中的人取代了书卷主人公的位置,但创作方法没有改变,也就是说,尽管随着她的婚姻和女儿的出生,外部生活发生了变化,但诗人内在的改变并没有发生。① 拿破仑二世的位置被谢尔盖·埃夫龙取代,茨维塔耶娃充满爱意的目光投向他,洞察他所有的天赋和英雄的未来:

> 您的龙骑兵军团,
> 十二月党人和凡尔赛军队!
> 你不知道——他如此年轻——
> 双手渴求着
> 毛笔,长剑或是琴弦。

在《少年诗篇》中,一个新颖之处便是对自身个性的崇拜,这或许在很大程度上源自亲人们对她带着赞赏的

---

① 关于这一点,可以比较《神灯》中两首诗的标题:献给 A. 屠格涅娃与 A. 别雷蜜月旅行的诗歌《从童话——到生活》以及献给自己的出嫁的诗歌《从童话——到童话》。——原注

认可。① 这些诗歌里的自我中心主义带着示威的意味，毫无节制，同时又具有感人且天真的气质。

一九一四年秋天，现实的生活破坏了"童话"：茨维塔耶娃在自己没有出路的生活里体验着悲剧性的钟情，这种钟情从内部改变了她。这一事件反映在茨维塔耶娃一九一四至一九一五年的组诗《女友》之中，后来她称其为自己生活里的"第一次灾祸"。她所承受的痛苦烧光了她诗歌里的幼稚，在《少年诗篇》的第二部分，一个成熟的茨维塔耶娃诞生了，从这里开始了向《里程碑》的转折。

如果这两本诗集都能够及时出版的话，很难说它们的文学命运会怎样。但《少年诗篇》在茨维塔耶娃在世时并没有出版，而《里程碑》直到一九二二年才问世。对于自己缺席文坛将近十年的原因，茨维塔耶娃在一九三一年的札记《我作为一个诗人的命运》中写道：

> 在革命前的俄罗斯我任性地，多多少少是**不由自主地**（这里和后面的粗体字均为茨维塔耶娃本人的处理——作者注）与文学团体断绝联系——由于

---

① 可参见短篇小说《女魔法师》，载于 C. 埃夫龙，《童年》（莫斯科："奥列·卢却埃"出版社，1912）。——原注

早早地和一个**非**文学家结了婚(请注意! 这并不常见),早早做了一个爱得疯狂的母亲,而最主要的是,我天生就对小团体极端厌恶。与诗人们(埃利斯、马克斯·沃洛申、奥·曼德尔施塔姆、季洪·丘里林)见面时我不是作为一个诗人,而是作为一个人,更确切地说,是作为一个女人:一个**狂热地**喜欢诗歌的女人。读者不认识我,因为最初的那两本非出版社的、个人出版的儿童读物,又因为那种与文学的疏远,以及个人的某些特点,譬如厌恶杂志上的诗歌,这让我无处可以刊发作品。第一次在杂志上发表诗歌是在《北方纪事》上,因为他们苦苦哀求我,并且我也非常喜欢出版人——这次出版是基于友谊。一时间我的名字在诗人们中间竞相传颂。这声名没能抵达更广泛的圈子,因为这是份新杂志——很快便结束了。一切很快都结束了。①

茨维塔耶娃提到了自己与《北方纪事》的合作,这并非无足轻重的事件,其中反映的不只是单纯的个人好恶。

---

① 俄罗斯国立中央文学和艺术档案馆,全宗1190,卷宗3,存储单元20,页42。——原注

和出版人索菲娅·伊萨科夫娜·恰茨金娜、雅科夫·利沃维奇·萨克尔的相识,以及一九一五年和一九一六年之交的冬天在他们的邀请下达成的彼得格勒之旅,不仅打破了茨维塔耶娃在文学上的孤单状态,还在她的创作意识中激发了莫斯科的主题,后来又扩展为《里程碑》中人民自发力量的主题,反映在诗集《手艺集》中"红艳艳的俄罗斯"以及一九二〇至一九二二年间的民间叙事诗中。

应当指出,在上文引用的茨维塔耶娃的自我描述中,有如下表达:她在这些年里不是以一个诗人来认知自我,而是作为"一个**狂热地**喜欢诗歌的女人"。在"抒情性日记"和"专有名词诗歌"的阶段,这一特点也扩展到茨维塔耶娃的抒情主人公"我"身上。

组诗《女友》在《少年诗篇》中占据中心的位置,在组诗中,抒情主人公"我"的个性被深化了。读者不需要抒情题材那些可见的戏剧转折,就能够看到精神生活内在张力的加剧,世界感受的复杂化。并且,另一种个性已经超出组诗的边界,这就是《里程碑》的抒情主人公。《少年诗篇》最后几首诗歌中的一首——《我们会下地狱,热情的姐妹……》——完全可以算作《里程碑》中的作品。个性的解放,生活的开放性,对多种生活道路的接受,尤其是对于那些需要破坏传统道德约束、导向悲剧性后果的道路的接受,这些都是《里程碑》在心理层面区别于其他诗集的表现。抒情主人公向自己和世界揭示了道德绝对命令之间的内在矛盾,正是这些内在矛盾造成了个人生存的悲剧性,而诗歌中体现的解放的姿态,促成抒情主人公性格的变化。

茨维塔耶娃的创作方法和风格也发生了令人惊讶的变化。在《里程碑》中呈现的已经不再是"专有名词诗歌",而是诗集中所有抒情综合体——抒情情节、抒情主人公个性、抒情主人公形象——的神话化。如今从历史的远景来看,《里程碑》被认为是茨维塔耶娃诗歌达到的高峰之一。[①] 韵律和音调上的自由、心理层面的宽广、风格上的柔韧性、语言的丰富以及历史的背景,共同构成了一种和谐的统一体,这种诗歌在茨维塔耶娃后来的创作中很难再找到相似作品。这是一本保护区之书,其中保存了一去不返的生活的印记,以及业已消失的词层。

在莫斯科郊外淡蓝色的树林的上方

---

① 诗人 A. 梅日洛夫不久前写道:"……在第一版《里程碑》中体现了她(即茨维塔耶娃——作者注)的不朽,这是一本鬼斧神工的著作……"(《文学报》,1984 年 10 月 31 日,第 44 期)——原注

雨点淅淅沥沥顺着祷钟落下。

盲人们在卡卢加的路上蹒跚——

卡卢加的路——回响着歌儿——十分美妙，

在唱着歌的上帝的黑暗里，它

一遍遍抹去虔诚的朝圣者的名字。

（《莫斯科之诗》，第六首）

通过阅读这首诗歌，即便是住在世界上任何角落的当代读者，即便早就没有了这样的树林和祷钟，没有了盲人和其胸前的十字架，也还是能够把握住那已经消逝的"神圣罗斯"观念，实现"时代的关联"。

在《里程碑》的三首组诗《莫斯科之诗》《献给勃洛克的诗》《致阿赫马托娃》中，以及在她于一九一六年二月至三月份向奥西普·曼德尔施塔姆致意的诗中，茨维塔耶娃打造了自己的莫斯科形象。所有这些诗歌都是写给彼得堡的诗人，在茨维塔耶娃的彼得堡之行结束以后完成。对于那个茨维塔耶娃到过的城市，因诺肯季·安年斯基这样写道：

沙皇的命令是否把我们编排？

瑞典人是否忘了把我们溺死？

我们的过去没有童话

有的只是令人恐怖的石头。

(《彼得堡》)

　　在俄罗斯历史上的"彼得堡时期"的最后几个月,为了与果戈理、陀思妥耶夫斯基和安德烈·别雷之后的传统的彼得堡"幻景"达到对立和均衡的效果,茨维塔耶娃在《里程碑》中创造了彼得一世以前时代的莫斯科"童话":

在我的莫斯科——圆顶在燃烧!

在我的莫斯科——洪钟在鸣响!

成排的棺材立在我面前——

这里长眠着各位皇后,和沙皇们。

(《献给勃洛克的诗》,第五首)

　　"巨大的朝圣客居所"有着自己历来的俄罗斯圣物:"克里姆林宫五座教堂围成的圆",伊维尔小教堂,治愈者潘捷列伊蒙的圣髑,以及莫斯科的一千六百座教堂,它们那金灿灿的圆顶,以及欢快的报喜节和复活节期间清脆的钟声——这些才是茨维塔耶娃《里程碑》中的莫斯科。

诗集《里程碑》中有茨维塔耶娃象征主义的源头。这部诗集的抒情内容建立在民间诗歌的关键象征词上。具有多重义项的鸟的形象(以鸟儿代指爱人,心灵像鸟,民间口传文学中的神鸟),作为爱情象征的戒指,象征自然力量的风——正是这些象征形象开启了《里程碑》("我打开铁匣子……"),随后贯穿了整本书。

在《里程碑》中,也写下了茨维塔耶娃的第一批"人名"组诗——能够反映其诗学思想的同时代诗人形象——勃洛克和阿赫马托娃。事实上,这种做法的首次尝试是在一九一四年的长诗《魔法师》中,这首被收入《少年诗篇》的长诗勾画出茨维塔耶娃姐妹俩的老朋友——象征主义诗人埃利斯的形象。总的来说,《魔法师》没有越出《神灯》和《少年诗篇》的现实主义框架。茨维塔耶娃位于三塘胡同的家中的生活细节逐一出现——大厅和阁楼的内部装修,埃利斯的夜间来访,共同的交谈,饮茶,沿着特维尔林荫道的散步——这些都没有脱离"抒情日记"的范畴,但主人公本人被神话化了。这里首次显示出茨维塔耶娃的心灵光学特点,它决定了她的视力所见,决定了她对人物的反映,以及这类作品(如《致勃洛克》《致阿赫马托娃》等)的修辞学特点。要在这些试验中找到主人公的真实特点,是毫无成效的。这些文本的符号学属

性,可以类比由于仪式的缘故而被过分夸张的古代编年史的特性。在给同时代人画肖像时,茨维塔耶娃使用了英雄史诗的手法:

滔滔不绝的埃特纳火山的大口,
是他口若悬河的大口。

(《魔法师》)

你让黑色的暴风雪在俄罗斯降下,
而你的呼号射向我们,仿佛冷箭。
我们赶紧躲闪,一个沙哑的声音:啊呀! ——
那千万个声音——向你宣誓:安娜·阿赫马
托娃!

(《致阿赫马托娃》,第一首)

你向太阳西沉的方向走去,
你看到晚霞的光辉熠熠。
……
静谧的光芒——荣耀的圣者——
我心灵的主宰。

(《献给勃洛克的诗》,第三首)

人在茨维塔耶娃笔下被描述为自然现象、自然灾害、历史事件以及超自然的力量。然而原因并不仅仅在于作者的心灵光学,被画肖像者的选择也相当重要,在这里发挥作用的是"遴选的相似性":这类作品的主人公都是诗人,他们的肖像在很大程度上也就是他们诗歌的抒情主体的肖像,也就是说,不是真实的人的画像,而是对每个人诗意世界的描摹。

《里程碑》里的抒情女主人公形象同样被神话化。在诗中,她与茨维塔耶娃的莫斯科即"朝圣客居所"的居民们融为了一体,这些居民包括流浪者、乞丐、街头歌手、小偷、疯修士、罪犯等等,是不参加社会生产的下层人。《里程碑》的抒情女主人公是一个冒名顶替者,小酒馆里的皇后,格里什卡·奥特列比耶夫①的信徒,纵火和暴动事件的唆使者——与下层人民生活的自发力量,与危险的、被抑制的自发力量息息相关,血肉相连。

在茨维塔耶娃的世界感受里,完全不存在那种勃洛克拥有、阿赫马托娃部分持有的"贵族与人民疏远"的意识,她既不受制于俄罗斯知识分子对人民的悲惨的负罪

---

① 据鲍里斯·戈东诺夫政府的说法,格里什卡·奥特列比耶夫是莫斯科丘多夫修道院的逃亡教士,曾冒充伊凡四世的儿子德米特里,即伪德米特里一世。

感受,也摆脱了克柳耶夫、叶赛宁和其他"新农民"诗人与生俱来的、将古老的民间习俗理想化的做法。对于茨维塔耶娃来说,民间生活的理想样式是斯捷潘·拉辛天然的自发流民团,是云游和自在流浪。茨维塔耶娃在《里程碑》中走向了俄罗斯的辽阔自在,这一点可以与安德烈·别雷《灰烬》里的"悲剧性的辽阔无垠"相比。① 或许,这种相似性植根于两位诗人共同的社会孤独感,"脱离日常凡俗"的意识。②

　　诗人对民间生活的自发力量的认识和熟悉,开始于一九一六年,在革命的前夜,时代的喧嚣决定了这本书的气质。像帕斯捷尔纳克的《生活——我的姐妹》一样,玛丽娜·茨维塔耶娃的《里程碑》不是关于革命,但两本书

---

　　① Л.К.多尔戈波洛夫,《安德烈·别雷和他的小说〈彼得堡〉》(列宁格勒,1988),页163。——原注

　　② 比较一下两位诗人稍长的同时代人 E. K. 格尔齐克的观点:"我正在经历在思想上不同寻常的创造性的十年,本世纪的第一个十年——象征主义等,并且,为了它能够实现,在国家的各个角落里应当会催生多少脱离日常凡俗的、就像我和阿利娅之前一样的作家啊!"(阿利娅,指阿赫马托娃。——译注)(《现代札记》,巴黎,1936 年,第 61 辑,页 352)这一片段来自其中刊行的《来自那里的信件》,信件的作者名字以字母 X 来代替。信件中的现实使得我们既可以了解到写信人的名字,又能获知收信人的信息——显然,收信人是 B. C. 格里涅维奇,格尔齐克姐妹俩的女友,也是茨维塔耶娃的熟人。阿利娅即信件作者的妹妹,女诗人阿杰莱达·格尔齐克。——原注

都成了革命时代的现象,因为它们都显示了在悲剧性的社会变革及其后果面前,个体意识和精神生活的转变。

二

　　诗人与自己时代的关系从来都不简单,在社会灾变的时代更是充满了独特的戏剧性。诗歌天赋是不变的,变化的是这个世界。而世界有可能会以这样的面目朝向诗人,使得他心中除了产生波德莱尔一样的憎恶与诅咒,别无他物。但变化的还有诗人的个性。同样的一个时代,可能会使涅克拉索夫为"公共热门事件"而奔走,却会让费特转向自己的内心世界。

　　在心理气质上,茨维塔耶娃是一个天生的"倒坐马车"的人(参见她的小说《爬满常春藤的塔楼》),她总是"面朝后"生活,倒退向现在。过去对她而言,是"失乐园"。她作为抒情诗人的世界感受与大众意识相对峙,而诗歌世界又集中在诗人的个性上。在考察诗人与世界之间复杂的、悲剧性的相互关系时,这些个性特点必须被考虑到。

　　一九二一年,伊利亚·爱伦堡在文章《俄罗斯的诗歌与革命》中,将俄罗斯现代诗人按照其对待革命的态度,分成了四类。茨维塔耶娃和巴尔蒙特被归为第一类——

否定革命的诗人。① 但这并不全对。作为一个忠诚于过去的人，作为一个捍卫失败的、即将毁灭的一切的浪漫主义者，作为一个躲避联合起来的群众所组成的政权的抒情诗人，茨维塔耶娃在意识上不能接受俄国发生的一切。这种不接受，与她自身的个性也有关系。② 然而有意识的吸引并不亚于有意识的排斥，这表现在诗人最为固有的领域——她的诗学上。总的来说，革命的主题在茨维塔耶娃的创作中多次得到反映：她语言和形象体系的民主化，她对自发力量的诗化，对"白卫运动"的浪漫化（最后这一点部分是由她的经历决定的——茨维塔耶娃的丈夫作为志愿军参加了整场的国内战争）。

革命年代的茨维塔耶娃精神生活高度紧张，创作生活也日益旺盛。从一九一七年至一九二二年，她写作了一批诗歌，这些诗后来结集收入《天鹅营》，《里程碑》的

---

① 对于"无条件接受革命"这一组，爱伦堡只统计了勃留索夫、马雅可夫斯基和无产阶级诗人们；帕斯捷尔纳克、阿赫马托娃、曼德尔施塔姆、沃洛申、维·伊万诺夫和爱伦堡本人属于"努力理解并思考革命"的行列。勃洛克、别雷和叶赛宁"准备好接受革命，在它符合他们个人的宗教和其他愿望的时候"。（《文学家之家大事记》，1921 年 11 月 15 日，第 2 期，页 8）——原注

② 针对书报上的观点"茨维塔耶娃不理解也没有接受革命"，茨维塔耶娃的女儿 A. C. 埃夫龙举出 1920 年 2 月自己妹妹因饥饿而死的事实，补充说："还有比这更明白、更无法接受的吗？"——原注

第二辑(该选集只收入这几年的一部分诗歌),《手艺》等书;她写作了口传体长诗《少女王》《小巷》,开始创作最终没有完成的《叶戈鲁什卡》和后来在捷克完成的《好小伙》;创作了一系列的戏剧作品——《红桃王子》《石刻天使》《暴风雪》《奇遇》《命运》《凤凰》。在这段时间里茨维塔耶娃一直事无巨细地写每日札记,以此为材料,她在国外的头几年里创作出纪实散文的典范之作,如《我的工作》《车厢里的十月》,还编写了一些专题性的札记《关于爱》《关于感谢》《关于德国》。

在诗集《天鹅营》中,她抒情式地记录了一九一七年的二月至十月之间的重大事件和国内战争。作为茨维塔耶娃浪漫认知的见证,她将一九一七年俄国的事件通过法国大革命的一组形象进行表达:安德烈·谢尼埃①,巴黎古监狱,"贵族老爷,快给樵夫让路!",断头台,贫民。茨维塔耶娃心中的历史典范存在于过去,在彼得之前的俄国生活中,而诗歌《致彼得》里的讲坛雄辩,以及向暴力改革展现全部的反抗力量(和必然灭亡的命运)的女贵族莫罗佐娃以及射击兵的妻子形象,也都来源于此。

《天鹅营》中展开的对"白卫运动"的浪漫化描写,在

---

① 安德烈·谢尼埃(1762-1794),法国浪漫主义抒情诗人,曾参加法国大革命,因反对血腥暴力而被送上断头台。

组诗《圣乔治》和《喜讯》中,在收入《手艺》诗集中的两首《新年诗》(祝酒歌)里得以延续。尽管所有这些作品都有具体的"题献人",但它们的象征不是个别现象,而是隶属于时代。①

---

① 我们举一首茨维塔耶娃同时代的诗人、志愿军伊万·萨温写作的诗歌作为例子:

之所以我们的双肩高耸,
背包里装着蝗虫和野蜂蜜,
是因为我们,严酷队伍的先行者们,
要把十字军东征赞颂。

之所以我们肩负沉重的使命
向着那神圣的约旦河进发,
是因为在我们,被词语施洗的我们身后,
将会有士兵,被刀剑施洗的士兵。

白色羽翼的盔甲的飞起来吧!
金色的长矛闪起光吧!
我,不熄的荣耀之喉舌,
已经把自己的心献给了上帝。
让他们来吧! 高耸的双肩
在白色的草地上低垂,
我要将行军的歌曲,像蜡烛一样
在俄罗斯面前点燃。

引自 IO. 捷拉皮阿诺,《巴黎俄侨半个世纪的文学生活》(巴黎-纽约,1987),页203。——原注

401

《里程碑》第二辑（莫斯科："篝火"出版社，1922）汇集了茨维塔耶娃挑选的一九一七至一九二〇年间的诗歌，诗集分为两个部分。第一部分收集了茨冈主题的诗歌，本身具有占卜、施咒、相面的诗学特点。"创作"是诗集第二部分的主要主题。和它相互关联的还有一些丰富了基本主题的其他主题：精神，灵魂-普绪赫，不朽，末日审判。

在末日审判的场景中，抒情女主人公"在上帝和所有圣徒面前"镇定自若，毫无畏惧：她的生命没有罪过，因为她没有偏离自己的使命，尽管这使命异常沉重。

在《里程碑》第二辑里，抒情主人公"我"的创造性自然力被确立为"火"——这是这本书最关键性的形象象征之一。与之相连的是"不朽"的主题，在诗歌中它表现在"上升的火焰"这一形象上（"爱情！爱情！它在痉挛中也在棺材里……"）。

茨维塔耶娃在俄国生活的最后几年（1921-1922）创作的诗歌，都被统一收录在诗集《手艺》中，于一九二三年在柏林出版。这本诗集主要的抒情情节围绕着外部生活和内心生活事件的连续性展开：与丈夫的分离，对于他的命运走向失去了消息，认可他的事业是神圣军人的英勇行为（《圣乔治》组诗），得到他还活着的"喜讯"，坚信他是自己尘世的命运和职责（《就像沿着那顿河的战场》），对重逢的期待。但这些主题显然无法穷尽《手艺》这本诗集。这本书是一个分界线，是生活的转弯处，所以在她心中，这个位置代表着拒绝、放弃、原谅、牺牲、更新的主题。

总的来说，一九二一年在茨维塔耶娃的一生中是一个分水岭和转折点。对于她来说，这一年以长诗《骑红马》作为起点，标志着抒情主人公"我"的深刻转变。在长诗中，抒情主人公和某个骑着红马的骑士建立了不可分割的联系，这位骑士是她的分身－精灵－领路人，作为对其的献祭，她奉上人的命运中最重要的东西——爱情、后代和生命本身。这首长诗和《里程碑》第二辑的许多主题有联系，它的象征意义可以在不同层次上解读。最直接也最简单的理解是：这首诗歌讲的是诗歌天赋所具有的牺牲品性。长诗《骑红马》最初被印在一本名为《离别》（柏林，1922）的小书中，和它一起收入该书的是同名组诗《离别》，后来也被收入《手艺》中，《骑红马》将自身的光投射到组诗之中，使得组诗由于与它相邻而揭示了自身不太明确的内容。组诗《离别》作为献给"谢廖扎"的诗而组织起来，这使得读者将它理解为一部讲述与丈夫分离的作品，不管怎么说，其内容都是抒情女主人公与抒情男主人公之间的离别。这种理解与整组诗歌都不矛盾，除了中间的两首——第五首和第六首之外。这两首诗讲的是与孩子的离别,抒情女主人公被某种力量拖拽着远离了孩子。在这个文本语境中,孩子的出现说明了组诗之所以没有结束的原因,在诗歌中他的形象很奇怪地被一分为二:"孩子,在我的双膝间拍击着双手","仿佛双膝间的不是少年,而是爱人","我的同龄人……你会逐渐成为我的儿子"。这个必然要与之分离的形象也确立了组诗的时间性空间——它不是现在,不是未来,它是诗歌的永恒时间,在那里组诗的主人公同时是小孩、爱人、同龄人、儿子,而抒情女主人公则拥有"石头浮雕一样的冷酷无情"——她不是一个平凡的女人,而是女巫,因此离别也不只是生平履历上与丈夫之间的离别,也不是普遍诗歌中抒情主人公们之间的离别,而是诗人和自己作为人的一部分,和普遍意义上的生活之间永恒的离别。甚至即使在现实中,生活预示了相逢,也预示了儿子的出生——而那种永恒的离别却是早已安排好的。

茨维塔耶娃将自身显现在世界上的全部悲剧都表现在一九二一年写作的诗歌《罗兰的号角》[①]上:

---

① 这首诗于1932年完成并发表,受到了弗·霍达谢维奇的高度评价,他称该诗为"天才的作品"。(《复兴报》,巴黎,1932年10月27日,页4)——原注

就像某个小丑讲起自己不幸的丑陋，
我描述着自己的孤苦无依……

公爵身后是一个宗族，六翼天使身后是圣众，
每个人身后都有数千和他一样的人，

为的是在跌跌撞撞之时——倒向鲜活的墙面
摔倒时会明白——还有数千人可以作为替补！

战士感佩于部队，恶魔为军团骄傲
小偷身后都是地痞，而小丑身后——全是驼背。

最后，我终于厌倦了孤军奋战
搏斗的使命也使我疲于应付，

伴随着糊涂人的口哨与市侩人的笑——
一个人来自于所有人——为所有人——反对
　所有人！——

由于飞翔我变得坚硬，站在这里，
向上天的虚空发去这响亮的邀请。

还要发去胸口的这团烈火作为保证，

以使某个查理能听到你的号角声！

在这首诗中得到象征性反映的与其说是命运——也即由特定的个性所决定的、生活境遇的重复链条，倒不如说是精神最内在的内核，是这一个性的存在实质。

《手艺》是一本悲剧之书，这首先是因为书中有关拒绝和否认的主题触及最重要的生活价值。

《天鹅营》被认为是对事件的直接回应，在《手艺》中，有关国内战争主题的思索停止了，作为一种回溯过往的方式而被提及。《死后的进行曲》这首悲剧性的诗表现了"白卫事业"的失败。通过诗歌的结构，表达出注定失败的命运：进行曲的副歌在减少，就像那歌唱它的嗓音越来越远，遁入虚无，而诗歌的最后一行是副歌的开头两个单词和一个破折号，这就将已经降临的死之寂静包进了自己的文本之中。死亡使一切平等，对诗人来说，在国内战争中没有胜利者——这种思想在诗歌《移民们……》《比女人更空虚……》《以密集的队形……》中也都有反映。过去的年岁改变了世界，也改变了诗人。这一句十年后写下的诗成为这些年的总结："那个俄国没有了，就像那个我一样。"一九二二年从莫斯科离开的"不是一个狂热地喜欢诗歌的女人",而是那个"将精神的友谊和美好连根拔起"的诗人玛丽娜·茨维塔耶娃。

三

在《手艺》这部诗集中,有一首诗讲到了革命的"出口",俄罗斯的逃难者们将它带到了西方的和平世界。

移民们——
去哪个纽约?
把全宇宙的仇恨
压在脊背之上——

要知道我们是熊!
要知道我们是鞑靼人!
忍受着虱子侵蚀
我们走吧——带上烈火!

此时——还欠着旧账!
而那里,在黑暗中——

成群又结队

都是像我们一样的人……

(《移民们……》)

这一主题以不同的程度反映在茨维塔耶娃一九二五至一九二六年间的两首长诗——《捕鼠者》和《楼梯》之中。《捕鼠者》是一首浪漫主义长诗,主要是关于艺术与生活的不相容,关于这一点作者是这样表述的:"抒情性的讽刺——用于日常生活。"①

长诗的讽刺倾向被分为了两条河道:哈默尔恩市的居民在社会生活的所有领域受到了全面的嘲笑——这里茨维塔耶娃的浪漫主义嘲讽加重到了冷嘲热讽的地步,在描写老鼠进攻的章节里,讽刺的调性完全是另一种——冷嘲热讽在诗歌中被幽默和文字游戏取代。哈默尔恩的居民品德高尚、生活节约、井井有条,他们的家庭和职业传统,缺乏想象力以及类似的、天真且有益的品质,使得作者对哈默尔恩秩序的破裂发表了革命-浪漫主义的反驳。旧秩序的哈默尔恩提供给自己的市民的只有

---

① 玛·茨维塔耶娃,《未出版的信件》(巴黎,1972),页159。——原注

一条生活道路,它遵循传统的遗训,对革命的浪漫主义者充满敌视,而作者在这里正是以这样一种身份发言,将自己和那些在哈默尔恩不被许可的"乞丐、天才、蹩脚诗人、舒曼们、音乐家、苦役犯"——潜在的革命者,哈默尔恩日常生活的破坏者们,以及捍卫革命为每个人开启的多样化道路的捍卫者们联合在了一起。

在长诗中,老鼠的集体形象有多重含义。老鼠部队结合了红军和白军的特点,更接近于俄国国内战争时期的无政府主义自由民。在老百姓对于鼠群进攻的不同声音中,其中一种传闻直接指出,这些老鼠就是俄罗斯去往欧洲的侨民:"从俄罗斯的某些角落,一艘船上,传来交谈声。"更确切地说,鼠群不是历史上现实的,而是一种抽象的力量,一种野生地下幻想的源头,更准确地说,是一种促使这首长诗产生的诗学力量。"《捕鼠者》这首诗的节奏来自鼠群。整首《捕鼠者》都是在鼠群的授意下完成的。它来自老鼠的授意,而不是诗学任务的指令。"四年后,茨维塔耶娃在特写《纳塔利娅·贡恰罗娃》中这样写道。

《捕鼠者》是茨维塔耶娃浪漫抒情诗的高峰。在这首诗里,作者的讽刺依靠一些自己的独特的诗学力量来进行:夹杂着外国词的诙谐文体,对公共场合的幽默化,对叙述过程的自由破坏,插入喃喃自语,等等。过剩的讽刺力量被浓缩为一些单个的"颂诗"。除了由注解标记的《纽扣颂》，第二章还明显分出了未被命名的《气味颂》，第三章的《度量颂》和表现庸人智慧的主题"Zuviel ist ungesund"[1]，以及带着个体浪漫主义的观点《献给字母"Я"的颂诗》[2]。这些讽刺性颂诗和整个的叙述音调一致，冲刷了词语游戏和纯粹观念表达之间的界限，编织起奇异的阿拉伯式花纹，激发起视现实为必需、视信念为困惑、视红军为白军、视捕鼠者为鼠类爱巢的认知错觉，肯定了浪漫讽刺坚定不移的原则——万物的相对性和相对性本身。然而在茨维塔耶娃忠诚于这一原则的同时，还需要考虑一种局限性：一切都是相对的，除了抒情诗-音乐，它是绝对的，并且长诗中笛子的台词是惟一摆脱了讽刺的部分。

长诗《楼梯》在茨维塔耶娃的创作中是一个罕见的现象——尽管她的诗歌世界主要建构在自身个性的基础之上，她却在这首诗里表达了从个性的框架中出走的努力。

一九二五年十一月，茨维塔耶娃离开了捷克，她曾在那里度过侨民生活的最初几年，后来搬到了巴黎。一九二六年二月六日，首场玛丽娜·茨维塔耶娃文学晚会举

---

[1] 德语："过度是不健康的"。
[2] 俄语字母 Я 也有"我"的意思。

办,这次晚会获得了巨大成功,并树立了茨维塔耶娃在巴黎俄侨文学圈子里的地位。在这次晚会之前不久,《最新消息报》上曾刊登了一篇米哈伊尔·奥索尔金的文章《诗人玛丽娜·茨维塔耶娃》,文中讲到,"在所有在世的、创作的、寻找的、对时事反映敏锐的、没有原地踏步也不胆怯的诗人中间,她是俄国最好的诗人……是最伟大的诗歌写作者,令人惊异的大师"。①

与评论家、后来成为茨维塔耶娃诗歌热心宣传者的Д.П. 斯维亚托波尔克-米尔斯基结识,加入《里程碑》杂志(这本杂志无论对苏联还是侨民的出版物都有所吸收),以及最终,一九二六年春天鲍里斯·帕斯捷尔纳克、玛丽娜·茨维塔耶娃和莱内·马利亚·里尔克三人间进行的通信——这些是茨维塔耶娃创作长诗《楼梯》期间,在诗人的外在和内心世界里发生的几件大事。她曾考虑过创作一首关于悲惨的侨民生活的叙事诗,但她在自己的整个写作历史里受到各种影响,之前的想法也发生了实质性的改变。她阅读帕斯捷尔纳克长诗《一九〇五年》前两章的手稿,获得了创作灵感,转向对巴黎"暗楼梯"住户往事的探寻。这一历史–革命线路后来贯穿独立的作品,读者可以在如今出版

---

① 《最新消息报》,巴黎,1926 年 1 月 21 日。——原注

的《未完成的长诗》这首诗中找到它。《楼梯》这首诗受到了《房间的尝试》《从海上来》及其他一系列茨维塔耶娃在一九二六年夏天同时写作、没有写完的作品的影响。长诗《楼梯》最主要的激情在于物反抗人、自然反抗文明的暴动。如今从这一主题可以看得到由于人类对周围环境的消费关系，人类对道德标准的遗弃、对生活的虔诚感受的丧失所引发的对未来生态危机的预言。

四

对于茨维塔耶娃、帕斯捷尔纳克、曼德尔施塔姆这一代诗人来说，诗学方法的剧烈流变在他们那里通常很典型。如果按照顺序阅读茨维塔耶娃的抒情诗集，我们可以看到它们在风格时期上的界线，也能看到诗歌世界整体的统一，这个诗歌世界建立在各种主导动机、关键词-象征物之上，由自动联想所贯穿的统一结构。鉴于此，对于理解茨维塔耶娃的诗歌世界而言，对最宽泛范围的上下文的理解显得越来越有必要（毫无疑问，首要的任务是诗人创作的所有文本都能被我们读到）。[1]

---

[1] 本文写作时茨维塔耶娃的许多文本尚未在苏联出版。

诗集《俄罗斯之后》延续了在《手艺》中开始的"拒绝和否定生活"的主题。但在这里,这一主题占据了主导地位,并且它不再是只在修辞学层面,而是在诗学的所有层面出现。茨维塔耶娃的诗歌世界失去了颜色,没有人物也没有对象,作品的内容变得越来越封闭,风格则越来越神秘。

在《俄罗斯之后》中,摒弃尘世的主题首先表现在"无色"和"无形"的范畴。那种在勃洛克自我剖析意义上的对身体的爱("我们热爱身体,爱它的味道和颜色,也爱它闷热的、死亡的气息"),或者是克柳耶夫或纳尔布特①对"密实度"的渴望,在茨维塔耶娃那里都是没有的。她的诗里也没有我们在杰尔查文的"狗鱼与蓝色羽毛"、库兹明的"成熟的樱桃如甜美的玛瑙"中读到的那种对感觉世界的理想化,对尘世的迷人之物表现出的陶醉之情。但在《少年诗篇》中有许多对外部世界充满爱意的细节描摹:那里有"金灿灿的香瓜",有"热腾腾的火炉上的塞夫勒瓷壶",也有"金色的罗缎",还有"长绒毛的厚围巾"等很多物象。

在《俄罗斯之后》里不可能找到,也很难想象类似的具体细节,因为这不是一个现实世界,而是一个理想世界。理想的内容以前也出现在茨维塔耶娃的诗歌中,但那个时候

---

① 弗拉基米尔·纳尔布特(1888-1938),阿克梅派诗人、作家。

它只是被提及,只是体现在修辞层面,而现在随着抒情主人公为了理想世界而对外部世界的拒绝,前者就成了换喻性质的、个别的程式符号,而理想世界则被描述得越来越具体,这种被具体化是用大量的类比来表现的,可以说,茨维塔耶娃的理想化内容被"尘世的征兆"所装扮。由于对内在生活的细节投入全情的关注,她获得了令人惊异的、诗意视觉的敏锐度。这本诗集最开头的那首诗歌,最为鲜明地反映出新的造型方法,这种方法在茨维塔耶娃一九二二至一九二五年整段时期的诗歌中是非常典型的。

> 勒忒河茫然地流淌,呜咽。①
>
> 你的债务被免除:与勒忒河
>
> 融为一体,——你似乎还活着
>
> 在白银般流淌着的柳树的呢喃中。
>
> 柳树如银子般飞舞,拍打水面
>
> 仿佛在哭泣……勒忒河疲惫不堪——将剧痛
>
> 藏在记忆那茫然流淌的
>
> 坟墓里——藏在柳树银子般飞舞的哭声里。

① 勒忒河,古希腊神话中冥界的忘川。

勒忒河像银灰色的大衣,像一片衰老的,
干巴巴的银色爬山虎——落在肩上
河水疲惫不堪,香烟茫然弥漫的
暮色躺下来——落在肩上。

深红色……
　　　——因为红色
日渐衰老,因为紫色——在记忆中
灰白凋萎,因为喝完了所有的勒忒河水——
我要以干燥来流淌。

以受到损失的血管的晦暗无光
以年轻女巫们的寂寞无聊
以头脑里疲惫的茫然
以花白的头发,我像铅一样流淌。

　　　　(《"勒忒河茫然地流淌,呜咽……"》)

　　在这首诗中,内在精神疲惫的状态,生活动力的丧失
借助景色传达了出来:代表着冥界忘川的勒忒河似有似
无地流淌,岸边干枯的叶子发出的沙沙声勉强可以被听

415

到,空气中是弥漫着神香的昏暗,周围一切永恒的梦境——这就是抒情主人公"我"心灵的景象。这种超越现实的、幻梦中的景象,其主要的色调是灰色、银色和灰蓝色。生活的色彩——紫色的,红色的——作为否定的形象出现,会转变成灰色,而那灰色其实也不算是颜色,而是颜色的匮乏,是本初颜色的灰烬。

在抒情女主人公和她的同路人的肖像画中,我们找不到原来的"尘世的征兆",它们被象征性的符号——"别人的姓名"所取代:奥菲利娅、大卫、亚兹拉尔、海伦、阿喀琉斯等。并且肖像描绘也不存在,它们被心灵的景象、心灵状态的外观("撒哈拉""贝壳""裂缝")所替代。

在诗集《俄罗斯之后》里,诗歌造型的改变尤为显著。在"使得抒情主人公'我'告别生活"这条总体的线路中,茨维塔耶娃原先的关键象征形象,如灵魂-普绪赫,失眠,风,太阳,火焰等,逐渐被排挤出去,直接被它们的对立物所取代。诗人认定的不朽的象征不是灵魂,而是头脑。

    头脑厌倦了感觉……

                                    (《水手》)

    噪音,在灰烬中战斗

416

用额头——触碰到你的温柔……

（《工厂》，第二首）

我有一个向你倾斜的额头，

定量分配的上游……

（《倾斜》）

风的形象在茨维塔耶娃早年的诗歌中很典型，象征着运动与自由，在《俄罗斯之后》中则改为静态的，自身具有高度、硬度、干燥度、空虚、无生命、自足性等特征的高山、洞穴、荒漠、贝壳等形象。

《俄罗斯之后》是玛丽娜·茨维塔耶娃的最后一本诗集，这完全不是外在原因导致，而是有其深层的内在因素制约。还在一九二五年，当茨维塔耶娃在草稿纸上写下"对于别人我还是卡斯塔利亚圣泉[①]，而对于自己来说——我已经干涸"[②]，她就已经感觉到了此前绵延的抒情潜流正在变得贫乏。内在的原因中，还有一点是她从

[①]　卡斯塔利亚圣泉，古希腊传说中来自帕尔纳索斯山上的泉流，象征灵感之源。

[②]　国立中央文学艺术档案馆，全宗 1190，卷宗 3 号，存储单元 12，页 88。——原注

二十年代中期开始,已经几乎整个地转向了形式宏大的作品。在一九二七年筹备《俄罗斯之后》出版的时候,茨维塔耶娃在给帕斯捷尔纳克的信中写道:"我要把它作为最后的抒情诗交付印刷,我知道,这是最后一本。没有悲伤。那些可以做的事情——并不是都应该做了。就是这样。在那里我无所不能。抒情诗歌(我在笑,就仿佛长诗不是抒情诗似的! 但我们姑且假设抒情诗就是一些单独的诗行)对于我就是信念和真理,它拯救了我,拖拽着我,摧毁我,每个小时都按照自己的方式、按照我的方式引导我。我厌倦了心碎,厌倦被撕成俄西里斯①的碎片……从一首长诗到另一首长诗的间隔并不紧密,从一次到另一次,伤口在愈合。那些大的东西——是 stable,fixe②,抒情诗是一次性的,是按日子计算的,类似于过苦日子或者对自己幸福时刻的掠夺。"③

可见,在很大程度上转向长诗写作是一种捍卫生活免遭偶然性侵袭的举动,是努力使抒情的力量沿着确定

---

① 俄西里斯,古埃及宗教中的水和植物之神,神话中的冥府之王,被弟弟沙漠之神塞特杀死后分尸。

② 法语:密实的,固定的。——编注

③ 国立中央文学艺术档案馆,全宗 1190,卷宗 3,存储单元 15,页 10 反。——原注

的轨迹行进的行为，用曼德尔施塔姆的话就是，"诗歌能量有目的的放电"。

<h1 style="text-align:center">五</h1>

把作品分组——这是茨维塔耶娃诗歌最重要的特点，证明了她的诗歌意识在一个主题上集中，从而达到很高的程度。这一特点也扩展到她的大型作品上。茨维塔耶娃在一九二六至一九二七年的作品因为具有相同的象征物和修辞学，以及共同的抒情情节，从而构成了一个组合，这个组合被包含到对所有这些作品来说共同的上下文之中，那就是茨维塔耶娃、帕斯捷尔纳克和里尔克在一九二六年夏天的通信。

在一九二六至一九二六七年长诗组合的内部——按照时间顺序以及题献人的不同——可以分为两部分：《房间的长诗》和《从海上来》写于一九二六年春天，是写给帕斯捷尔纳克的，为第一部分；《新年问候》和《空气之诗》写于一九二七年，和里尔克有关，属于第二部分。

通信与长诗完整的文本主旨在于对相见的憧憬，而诗歌定下的主要基调却是死亡。这两个主题的斗争以及后一个主题最终胜出，是由茨维塔耶娃长诗的情节和内容来确定的。

之所以要写作《从海上来》和《房间的尝试》，是因为帕斯捷尔纳克的一封信。在信中，他向茨维塔耶娃描述了自己和她在梦中相见。

总的来说，梦的主题是茨维塔耶娃诗意世界最重要的主题之一，而梦中相会这个情节，还出现在了《黄昏纪念册》里：

> 由人所创造的一切都转瞬即逝，
> 对新事物的狂喜将会黯淡，
> 但有些东西，譬如忧伤，会永不改变
> 通过梦境与我们相连。
>
> 我不会祷告："哦，上帝，请你消除
> 明天的痛苦！"
> 不，我会祈求："哦，上帝，请赐一个
> 关于我的梦！"
>
> （《通过梦境相连》）

在茨维塔耶娃早期的诗歌中，失眠是最关键的形象-象征物之一，它显示出最大程度上参与生活，而梦境和死亡在他的创作意识中是同源的：

> 梦带着自己的镰刀踱步，
> 死亡扎着自己的小辫子徘徊——
> 国王与王后，哥哥与妹妹。

从《里程碑》第二辑里的诗歌《睚鲁之女》开始，失眠主题逐渐被梦境主题排挤掉了。梦境代表的是现实生活里缺失的东西，是以最大的可能性参与到另一个世界。茨维塔耶娃创作《俄罗斯之后》期间，梦境世界对她而言是另一种现实的世界，在梦中，抒情主人公"我"有可能得到真实的反映，这个世界更接近于创作的世界。

尽管茨维塔耶娃拥有清醒的头脑，写作时倾向于对现象细致剖析，缺乏神秘主义，但终其一生，她都表现出对无意识、非理性、自发性领域的兴趣。她对所谓的生活经验评价非常少，而是赋予先决性的记忆以巨大的意义。在她的创作练习本上，经常会看到有关梦、占卜、无法解释之现象的记载。在很多年里，她都在思索梦境法则和艺术法则之间的联系。"有些东西只能出现在梦里，"茨维塔耶娃在一九二五年写道，"它们也会出现在诗歌里。梦和诗歌依靠某种密码传递，确切地说，梦境袒露的程度

421

=诗歌被编码的程度。某样东西被包了七层,突然被撕开。在第七层包装纸下面——什么也没有,空无一物:空气;普绪赫。我们将会喜欢第七层包装:'艺术'。"①

梦境世界和创作世界是可见与不可见世界之间的接壤区域,由同一种法则所管理,一种与现实法则相反的法则。"诗歌世界是一个独特的世界,与任何世界都不相似,"我们在茨维塔耶娃一九三四年四月二十五日至二十六日的笔记中读到,"在这儿,它不与任何东西相符合,我沉浸其中,就像是沉浸在**梦**中——它也是这样的,不与任何东西相符合,与那个实质上的、重要的我相对(就像望向水井一样),除了那里它不会在任何地方存在,并且我一旦卸下自己的行李,它立即就被忘记。"②茨维塔耶娃的这些观察与 П. А. 弗洛连斯基关于梦境本质的研究比较接近,后者将梦境解释为"在不可见世界里生活的第一道也是最简单的一道阶梯",并把"艺术"叫作"肉身化了的梦"。③

　　① 国立中央文学艺术档案馆,全宗 1190,卷宗 3,存储单元 12,页 83。——原注

　　② 国立中央文学艺术档案馆,全宗 1190,卷宗 3,存储单元 24,页 85 反。笔记文中所有着重号都出自茨维塔耶娃之手。——原注

　　③ 帕维尔·弗洛连斯基神甫,《圣像壁》(1922),《神学著作》第九编(莫斯科,1972),页 83-89。——原注

《从海上来》和《房间的尝试》是两首关于梦中相遇的诗歌。在写作这两首诗歌时,运用了梦的逻辑,梦中的"可逆时间",梦里经常转变的空间,更新的速度。"可逆时间"在《从海上来》的前几行就开始起作用,抒情女主人公在一种现实中无法想象的、方向相反的风("南北风")的托举下,来到了过去,进入男主人公的梦里,这个梦是他很早之前做的,并且她是从他的信里获知梦的内容。当弄明白了解码长诗的联想逻辑并不算困难,读者的努力将会得到额外的奖赏,那就是获得新的发现,这些发现是无法预期的——每个人都有自己的体验。我们在此只提一下《从海上来》的结尾——梦的终结,也就是幻象的消失是这样传达的:女主人公的面部轮廓转变成了风景的轮廓,那风景一直延展到主人公视觉容纳的范围之外。

　　在组诗的第二首《房间的尝试》里,相见的主题变形为死亡的主题。这一变形的信号是对房间第四面墙的描述,两个主人公的相见将会通过这堵墙来发生。这堵墙不可见,因为它位于作者背后,也有可能,那里并没有墙的存在("谁能知道呢,当背对着墙壁?"),因为从那一面能感受到越来越强劲的穿堂风("透着风。吹拂着。扬帆而行")。在镜子里,第四面墙显示出没有尽头的走廊。从这面由焦急的等待所构造的墙里面,长诗的主人公将会出现。

　　　　那面墙,你成长于其中的

　　　　那面墙,匆忙地面对过去——

　　　　在我们之间还隔着一个自然段

　　　　整整一段。你会像丹扎斯①一样成长——

　　　　从后面。

　　　　　　因为对于那堵墙,丹扎斯,

　　　被邀请的,被挑选的,带着时间,带着重量,

　　　(我知道名字:山脊背)

　　　进入了房间——不是丹特士。

　　　转过了头。——准备好了吗?

　　　再过十节,十行,你

　　　也会如此。

　　在主人公出现之前的普希金的决斗和死亡主题将
《房间的尝试》的主人公比作丹扎斯,他对于普希金而言,
是命中注定的、跃跃欲试的、确定了具体的日期和时刻的

----

　　① 丹扎斯是普希金的好友,在普希金与法国籍宪兵中尉丹特士
决斗时担任见证人。

死亡信使。

　　看起来,这些长诗在茨维塔耶娃和帕斯捷尔纳克通信的文本之外,在茨维塔耶娃总体抒情主体的文本之外,似乎缺少自身的趣味——它们写给特定题献人的意味太强,形象体系对于其他人来说太过封闭。但在上述两种文本里,它们又是必不可少的环节,没有这些我们对茨维塔耶娃诗歌世界的理解就算不上完整。

　　《新年问候》和《空气之诗》构成了一九二六至一九二七年长诗组合的第二部分,它们与里尔克有关。里尔克不仅是茨维塔耶娃喜爱的诗人,对于她来说还是在精神上战胜时间的榜样,是现代性的辩护人,是诗歌本质的体现者。一九二六年夏天与里尔克的通信在茨维塔耶娃的精神生活里是一件大事。同年十二月底,里尔克去世。长诗《新年问候》是写给里尔克的最后一封信——发往那个世界——这首诗完全建立在两位诗人夏日通信的基础之上。①

　　《空气之诗》最初的构思也与里尔克有关,关于这一点,茨维塔耶娃在一九二七年二月七日写完《新年问候》时,曾经在练习本上提到过。长诗的主题是——抒情主

----

　　①　见《各民族友谊》1987 年第 6–9 期。——原注

人公"我"死后的道路。"我"逐渐失去对尘世感受的变形过程与这条路的每一个阶段——空间的改变——相对应。最后一个阶段——天穹既不是道路的终点,也不宣告变形过程的完成,而只是指出了无休止的向上运动的方向。

六

三十年代,茨维塔耶娃的创作总体具有回忆录性质。这一时间段她创作完成了最重要的一系列散文:《鞭笞派教徒》《老皮缅处的宅子》《母亲与音乐》《父亲和他的博物馆》等等,这些是她自传性的特写,也是"家族编年史"的片段。《被俘的精灵》《生者谈生者》《彼岸的夜晚》《索涅奇卡的故事》分别勾勒了安德烈·别雷、马克西米利安·沃洛申、米哈伊尔·库兹明、女演员 C. E. 霍利迪等同时代人的肖像。这些文学肖像,更确切地说是文学纪念碑,这既是从内容上说,也是从写作它们的动机来说——通常是在得知特写的主人公去世的消息后,茨维塔耶娃开始动笔。她在自己的文学散文中复活了一个逝去的世界和那些逝去的人们,她沉浸到过去,使之成为另一个世界的变体。

对于茨维塔耶娃三十年代转向散文创作，通常会以一些外在的原因来解释：需要挣钱，没有地方刊登她的诗歌，她不得不转向散文。或许，部分来说是这样①，但这也只是部分原因。茨维塔耶娃的抒情诗除了极少的例外，都在诗人在世的时候发表了。但问题在于，抒情诗本身在那几年对茨维塔耶娃的创作来说是极少的例外；整个三十年代茨维塔耶娃的抒情作品勉强能凑够三十篇。据她认为，对她来说诗歌一直是"各种情感的加深"；在三十年代，诗人的基本情感是愤怒和悲伤，完全可以理解，并不总是有力量去"加深"这些感觉。关于过去的主题成为茨维塔耶娃防止现代性的屏障，与现代性之间不协调的关系加深的程度是逐年递增的。

对于"诗人与时代"这个主题，茨维塔耶娃在一九三二年曾写过一篇同名文章，三十年代有几首诗歌也与该主题有关，其中最主要的是一首与阿·康·托尔斯泰题目相同的诗歌《一个战士不能有两个阵营……》。一九三一年，在上文已经引用过的札记《我作为一个诗人的命

----

① 1932 年，一直以来对茨维塔耶娃的所有作品照单全收的《俄罗斯意志》杂志停刊；俄罗斯侨民圈发行最大的杂志《当代纪事》在三十年代出版期次很少，上面没有茨维塔耶娃的诗歌，不过该杂志诗歌部的容量有限。——原注

运》中,茨维塔耶娃写道:"我的时代作为一种风头正劲的力量,肆意地将我在这个国家吹来吹去……我在思想上无法适应它,它对我也是如此。'我们不会相见,我们在不同的阵营'……除此之外,它使我变得面目可憎,并且很自然地,提高了我的嗓门,我常常不得不用它的语言讲话(喊叫)——用它的嗓音('不属于自己的嗓音'),比起这个,我更愿意用自己的嗓音说话,比起这个,我更喜欢沉默。"①

诗歌《一个战士不能有两个阵营……》在茨维塔耶娃三十年代的抒情诗里,具有特殊的地位。它和其他一些俄罗斯诗歌由一个共同的思想主题联系在一起,那就是普希金的《纪念碑》。这个主题的作品突出的特点是激昂的自我信念和面向未来的态度。在茨维塔耶娃诗歌中,这首诗少有地富含十九世纪诗歌传统里的形象和关联诗句。来自阿·康·托尔斯泰的题词把读者引向了十九世纪中期西欧派和斯拉夫派关于俄罗斯发展道路的论战;大写的单词"Лира"(里拉琴)使人想到弗拉季斯拉夫·霍达谢维奇的《摇晃的三脚架》,在那部作品里他谈到"其

---

① 国立中央文学艺术档案馆,全宗 1190,卷宗 3,存储单元 20,页 42。——原注

他一些词语,与它们相连的是最珍贵的传统,你小心翼翼地将它们引入自己诗中,不知道自己对它们是否有内在的权利——这就是它们对于我们所具有的独特的、神圣的意义"①;普希金的关联诗句("受制于沙皇,受制于人民——对我们来说难道不是一样?")以及对普希金诗歌的引用:"你就是帝王。独自活下去吧!"茨维塔耶娃吸收了所有这些精神遗产的符号,并终生携带它们。

如果说,在二十年代中期茨维塔耶娃的抒情诗失去了自己的英雄性元素——Д.П.斯维亚托波尔克-米尔斯基曾盛赞这种元素——与此同时消失的还有对自己的过去失望的英雄(圣乔治——职责骑士,神圣战士),那么,这种缺失当时也获得了另一种补偿:和意见一致的诗人之间的精神亲近感,正是对这种亲近感充分的注意和理解,支撑茨维塔耶娃度过了最艰难的时刻。三十年代中期,她不得不连这个支撑也要舍弃。一九三五年六月,帕斯捷尔纳克跟随苏联代表团参加保卫文化的反法西斯代

---

① 霍达谢维奇并没指出是哪个词语。我们在 C. 帕尔诺克的文章《霍达谢维奇》(1922)中可以得到答案:"里拉琴的思想在普希金那里,也就是在传统的涵义里,往往会变得令人厌倦,即使对于我们中最优秀的也是如此。"(国立中央文学艺术档案馆,全宗 1276,卷宗 1,存储单元 6)——原注

表大会,和茨维塔耶娃在巴黎相聚。这次会面使茨维塔耶娃十分失望,以至于流下了痛苦的眼泪。"我哭泣是因为,"她在给 H. C. 吉洪诺夫的信里解释道,"鲍里斯是我们这个时代最优秀的抒情诗人,在我看来,他背叛了**抒情诗**,称自己整个人和内心的**一切**是一种疾病。(哪怕他在前面加一个'崇高的'也行。但他连这个也没说。他也没有说,这种疾病对他来说比健康更珍贵,总之,更珍贵,比元素镭更稀有,更珍贵。要知道,这是我惟一的**信念**:深信不疑)。"①

又过了一年,这种失望进一步加深,转变成了痛苦。一九三六年二月,帕斯捷尔纳克在举办于白俄罗斯的作家大会上的演讲《论谦虚与勇气》发表。在演讲中,他谈到"诗人是一套完整的思考系统,有的生产力旺盛,有的则毫无意义地空转",诗人协会的成员们发出的斯达汉诺夫式豪言壮语让他情绪低落,但他本人也承诺将"涉足其他的、对我们所有人来说共同的主题和规则",尽管他有所保留,说在没有发掘到它们的"创新之处"以前,自己会先"从自己之前的观点低劣地"写它们。②

---

① 《诗歌》1983 年第 37 期,页 144。——原注
② 《文学报》,1936 年 2 月 24 日。——原注

"你本该坚持自己的立场，"茨维塔耶娃在给帕斯捷尔纳克的信中写道，"要是你能在自己的大会上宣布荷尔德林少年时代的预言，四十年的疯狂和永无止境的不朽……但是你是软弱的。你，很遗憾，你做了热带藤（还不记得自己的非洲故乡！）……那些在你们那儿被认为是大无畏的举动（显然，应当这样来理解你的演讲）——在'我们'这里不算是（在**我们**这儿——这么说不对），这个在我们这儿，不是说在巴黎，而是说在我们这儿——**在抒情诗中**……你什么也不明白，鲍里斯（哦，忘记了非洲的热带藤！）——你是被野兽吃掉的俄耳甫斯：他们会把你生吞活剥……

我知道，这对你——很难。但是诺瓦利斯①在银行也同样艰难。而荷尔德林——干的是看护孩子的工作。而歌德——在魏玛从政（我要坚持这一点）。

我知道，我所做的事情和您的言论相比，要更加正确……"②

一九三六年，茨维塔耶娃完成了自己最后一部长

① 诺瓦利斯(1772-1801)，德国浪漫主义诗人。
② 国立中央文学艺术档案馆，全宗 1190，卷宗 3，存储单元 26，页 160 反至页 161 反（粗体为茨维塔耶娃所加）。——原注

诗——《关于沙皇家庭的长诗》。这部作品(如今仅有部分内容保存下来)像长诗《彼列科普》一样,对茨维塔耶娃来说,在纪念被社会主义惨剧打败和摧毁的人方面,履行了自己这一代诗人的义务。

"人民的历史属于诗人",普希金这句话的意思暗示了,诗人以其崇高的心灵秩序和对永恒价值的忠诚,可以重建公平,修正时代的残忍冷酷。国内战争时代的重要特点是社会风气的残酷程度加剧。敌人不仅在肉体上被摧毁,还从民族的历史记忆中被抹去。诗人敏锐地捕捉到,时代就像一块合金,没办法从中扯下每一个组成成分。对于茨维塔耶娃来说,革命的主人公不仅有"红军",还有"白军",不仅有胜利者,还有牺牲者——他们是同一个历史行为的中心人物,是**自己**时代的主角。

在创作手法方面,茨维塔耶娃对过去这一题材的回归决定了她要返回到先前的诗学手法上来。因此很自然地会出现一个关于茨维塔耶娃风格流变的简单推测:现实从她的诗歌中远去,因为她所喜爱的、带着爱意描画的一切都从生活里远去了。当她返回到记忆中的过去,曾经自由的嗓音也回到了她这里。

茨维塔耶娃确信自己与日渐消逝的十九世纪人类心理类型(组诗《给父辈们》)存在精神上的一致性,她不寄希望于各种新类型的人(勃洛克称之为"积极的人")给予"恩赐的同情"。在她看来,他们自身带着实利主义、冷酷无情的特点,个性被束缚压制。

回归祖国前夕,茨维塔耶娃经历了欧洲受德国法西斯极权制度的奴役,于是在《致捷克斯洛伐克的诗章》中诅咒了法西斯。一九三九年六月回到莫斯科之后,她在前几个月里便经历了女儿与丈夫被捕。她曾经渴望"为了诗歌而终结那些日子,就像为了枝条把接骨木折断",但在这个世界已经没有一个角落可以提供这种"隐秘的自由",而诗人只有在那样的自由里才有可能存在。于是,茨维塔耶娃以彻底的拒绝作为对那个世界的答复。一九四一年八月三十一日,她的一生在叶拉布加走向了终结。

一九四〇年年底,在死之前的几个月里,茨维塔耶娃编纂了自己的最后一本诗集,她在按时间顺序排列的诗集中,将两首诗调整了顺序。她将献给丈夫的诗歌《我在青石板上写诗……》放到了开篇的位置,即打开书的第一页,仿佛是整本书的献词。这显示了她忠实于自己个人命运的信念。第二首更换顺序的诗歌是《传说》:它从原本的位置被摘出,放到了这本诗集的最后,作为总结。这样一来,玛丽娜·茨维塔耶娃最后一本诗集的第一句话是:"**我写作**……"最后一句话是:"无法遏制的肉体的**呼喊:啊咦! 哎呦! 嗨呀!**"茨维塔耶娃用这种环形结构,最后一次强调了自己对诗歌言语——书面和口语——的忠诚。诚然——**在即将咽气的那一刻,我还是个诗人!**

（张猛 译;糜绪洋 校）

两个诗人——两位女性——两种悲剧[*]

（安娜·阿赫马托娃与玛丽娜·茨维塔耶娃）

十九世纪的尾声为俄罗斯带来了四个惊人的年份。

一八八九年安娜·阿赫马托娃出生。

一八九〇年是鲍里斯·帕斯捷尔纳克。

---

   * 本文选自安娜·萨基扬茨，《谢谢您！回忆录、书信、随笔选》（莫斯科，1998），萨基扬茨1995年5月19日曾宣读于维也纳大学。安娜·萨基扬茨（1932-2002），文学评论家，茨维塔耶娃资深研究者。著有《玛丽娜·茨维塔耶娃：生活与创作》（1997），《安娜·阿赫马托娃：几次会见》（1998），《茨维塔耶娃的一生：永生的凤凰》（2000），《你的时刻，你的岁月，你的世纪：玛丽娜·茨维塔耶娃的一生》（2002）。编选《玛丽娜·茨维塔耶娃诗选：我将生存……》（1982），《玛丽娜·茨维塔耶娃一卷集（诗歌·散文·戏剧）》（1994）。合编《玛丽娜·茨维塔耶娃七卷集》（1997-1998），《玛丽娜·茨维塔耶娃：诗人生活相片记事》（2000）。

一八九一年是奥西普·曼德尔施塔姆。

一八九二年是玛丽娜·茨维塔耶娃。

每年分拨一个天才。也许最惊人的是,命运的安排十分平均——这四位诗人中有两位女性,作为诗人的女性,而不是女诗人。安娜·阿赫马托娃和玛丽娜·茨维塔耶娃两人都坚持这一点。("女诗人"是一个心理学概念,完全不取决于才华的大小……)

两颗星,两颗行星(已有两颗新发现的行星被冠以她们的名字)。在她们之前,还不曾有一位文坛女性的名字被升上高空。两个诗人,两位女性,两种命运,两种性格……

安娜·阿赫马托娃(戈连科)一八八九年六月二十三日生于敖德萨郊区"大喷泉"一个船舶工程师的家庭。她在六个孩子中排行第三。刚满十一个月,全家就搬到彼得堡郊外:先是去帕夫洛夫斯克,继而是去皇村。对于阿赫马托娃而言,这个地方永远因伟大的普希金之名而神圣。到了夏天全家就去黑海。十一岁那年,小姑娘生了一场大病,差点没活下来,失聪了一段时间。从此她开始写诗。

玛丽娜·茨维塔耶娃一八九二年十月八日生于莫斯科的一个教授家庭。童年在莫斯科,在塔鲁萨(位于谢尔普霍夫和卡卢加之间），在各所瑞士和德国寄宿学校度过;还去雅尔塔,因为母亲患肺结核,每次迁徙都是为了配合她的治疗。她学习音乐:母亲希望她成为钢琴家。大概九、十岁时就已写诗——这让母亲不满。家里有四个孩子:伊·瓦·茨维塔耶夫初婚育有一子一女,二婚有了玛丽娜及其小妹阿纳斯塔西娅。姐妹俩十四岁和十二岁时,母亲死于肺结核（肺结核的阴影也笼罩着戈连科全家。安娜·阿赫马托娃的两个姐妹都死于这种病）。

她们的童年都很悲戚——"一点玫瑰色的童年都没有。"阿赫马托娃如是说。茨维塔耶娃同样可以这么说。

安娜·戈连科是一个清瘦、优雅而病态的小女孩,在少女时代依然保持,她与大海为伴,像鱼一样游泳;父亲戏称她为"女颓废派"。玛丽娜童年和少年时代的健康情况都不错,略丰满,面色绯红,腼腆。对于童年时第一次看到的海却永远都不能习惯,不喜欢——从而辜负了自己的名字玛丽娜（意为"海"）。

两人在青年时代伊始就都已憧憬爱情。安娜·戈连科十七岁时无望地爱上了彼得堡大学生弗拉基米尔·戈列尼谢夫-库图佐夫,经常幻想着与他相会,一直哭,甚至晕厥（终其一生她的身体都很虚）。与此同时,尚在几年前,在她年仅十四岁,甚或更小一点的时候,未来的诗人尼古拉·古米廖夫就爱上了她。后来他几次向她求婚,而她都拒绝了;据说他曾两次企图自杀。但她不爱他;看来,她全部的灵魂力量都耗在对戈列尼谢夫-库图佐夫那没有回报的爱上了。

她的这段情在一九〇七年致姐夫谢·弗·冯施泰因的几封信中获得了证实。从某些方面来说,这些信是独一无二的。以后无论在诗歌、散文还是信件中,安娜·戈连科(未来的安娜·阿赫马托娃)都不曾如此热烈、如此"直率"地表达过爱情。从那时起,她的爱情抒情诗在不断完善的同时,彷佛退居"幕后",诗的音乐从未超过"半音"——而且一直都将是伤感的⋯⋯

她终究还是嫁给了古米廖夫——在一九一〇年,她二十一岁时。但他俩不曾获得幸福。毕竟两人都是人物,两人都是诗人。用玛丽娜·茨维塔耶娃天才般的诗句来说:

> 注定不能——强者与强者
> 在这个世界上结合。

每个人都想独立。古米廖夫不旅行就不能活,一离开便是很久。她则埋头创作:写那本给她带来声誉的处女作《黄昏》……

　　玛丽娜·茨维塔耶娃这边完全是另一副样子。经历了"悲剧般的少年时代"（她自己的话）后，她如今感受到"至福的青年时代"。但在"至福的青年时代"之前，还是一个中学生时，她就已写下大量诗作。一九一〇年，也就是阿赫马托娃出嫁时，茨维塔耶娃便已出版了第一部诗集《黄昏纪念册》。而在翌年，也就是一九一一年，她认识了自己未来的丈夫——谢尔盖·埃夫龙。她十八岁，他十七岁。这是终生的结合，尽管命运和两人的关系发生了种种复杂的波折。茨维塔耶娃的女儿说得对，谢尔盖·埃夫龙是玛丽娜·茨维塔耶娃惟一真正爱的人。"我和他生活了三十年，还不曾遇到一个更好的人。"她去世前不久将会如是写道。

　　一九一二年，诗集《黄昏》出版，作者的名字是"安娜·阿赫马托娃"——安娜·戈连科把自己的鞑靼祖先阿赫马特汗[1]的名字当作笔名；父母给他起名安娜则是为纪念祖母。这部爱情抒情诗集已和谐而完满；字里行间没有任何稚拙之处；它们出自一个成熟的、业已定型的诗人之手，已属于安娜·阿赫马托娃真正的创作。

---

　　[1]　汉语史料通译阿黑麻汗。

同年秋天,阿赫马托娃与古米廖夫的儿子列夫诞生。

对玛丽娜·茨维塔耶娃而言,一九一二年同样具有重要意义。她将自己的命运与谢尔盖·埃夫龙结合在一起;秋天他们的女儿阿里阿德娜诞生;也是在这一年,她的第二本诗集《神灯》问世。尽管明显能看出作者有着巨大的才华,这本诗集同样尚未成熟。但茨维塔耶娃的诗,她的诗歌"笔触"如今正开始迅速成熟和变化。她将会写出在创作手法上如此不同的诗,就仿佛它们出自几位不同诗人之手。"为什么您有如此不同的诗作?因为年份不同。"她将会如是解释。还有:"我至少可以分出七个诗人。"(这是她在三十年代说的。)

阿赫马托娃的诗艺(它们精神上、心理上的涵义,戏剧性,等等)也将随时代的变化而变化。但是,那种通常被标示为形式的东西直到最终仍是和谐的,带有一种古典式的明澈。安娜·阿赫马托娃是一个普希金派诗人。

著名的俄侨文学研究者康斯坦丁·莫丘利斯基早在一九二三年就很好地揭示了她俩在诗艺和心理上的区别:

"茨维塔耶娃总是在运动;在她的韵律中是呼吸因急遽的步伐而加速。她仿佛正匆忙地讲着什么,一边因走太急而气喘吁吁,一边挥舞着手。一说完就又疾走得更远。她是个坐不住的人。阿赫马托娃说话很慢,声音很轻:纹丝不动地半躺着,怕冷的双手藏在那条'假古典的'(曼德尔施塔姆语)披肩下。只有在勉强可感的语调中闪现出沉稳的感情。她慵倦的姿态中有贵族风范。茨维塔耶娃是旋风,阿赫马托娃是寂静……茨维塔耶娃整个都在动——阿赫马托娃在沉思……"

阿赫马托娃与茨维塔耶娃急剧对立,截然相反。首先是在她们与生俱来、始终不变的天性方面。

首先,她们的寿数不同;阿赫马托娃差点活到七十七岁,茨维塔耶娃则不到四十九岁。然而,茨维塔耶的文学遗产要比阿赫马托娃宽广得多。

每个人被分配的能量储备何以有多有寡,这是大自然的一大谜团。安娜·阿赫马托娃的这种能量被均衡地分摊在她漫长同时又相当悲剧性的一生,直到弥留之际仍不曾衰竭。我就不谈她衰弱的身体了——从青年时代起她就不断地患病(衰弱的心肺)。铭刻在照片和莫迪利阿尼画作中的阿赫马托娃半躺着的经典形象正是由此而生。

让茨维塔耶娃摆这种造型是不可思议的。她称自己有钢铁般的身体不无原因:她有坚强的心脏,是个不会疲惫的健步者,睡得少,一大早就奔到书桌前,然后写下数十栏备选韵脚、词语、诗行,不吝啬力量,因为它们(暂时)还不会反叛她。

但被赋予了非凡创作和心理动力的人从来都不能活得长久。我指的不是疾病,这是任何人都无法豁免的。我只是说,他们那种有力的、暴风雨般的动力也会如暴风雨般骤然中断。玛丽娜·茨维塔耶娃就是这样,关于她的自杀存在着许许多多不明智的说法。虽然不知为何,最重要的一点人们却都不说:生命力量、心理能量正在干涸。茨维塔耶娃舍弃了生命,因为她确信自己再也干不了任何事了:她的生命意志枯竭了。

在此谈谈两位诗人的死亡观想必是合适的。(阿赫马托娃和茨维塔耶娃年轻时都尝试过自杀,但这一事实不能说明任何问题;我们要谈的是暮年;茨维塔耶娃的盛年,阿赫马托娃的晚年。)

当严酷的境遇开始不可避免地、明显地摧毁茨维塔耶娃强大的精神时,她写下了这样的诗行:

是时候摘下琥珀,

是时候更换词典,

是时候把门上的灯

熄灭……

她一直都知道，自己将会舍弃生命。或早或晚，只是个时间问题。而不管身处何等境遇之下，阿赫马托娃永远都不会自愿舍弃生命。但晚年的她看来经常想到死，尽管她并不怕死，而是把死视作一个不可避免的客观现实。关于这一点她曾在几首诗里写过。

不过我还是继续比较生活、创作和心理状况吧。

安娜·阿赫马托娃刚出版了第二本诗集——著名的《念珠》，它还会多次再版；一九一八年她与尼·古米廖夫离婚。（他们的儿子列夫在新的家庭里受教育。）大约是在一九一二年初次读到阿赫马托娃诗作的茨维塔耶娃醉心于其诗与人格。她在自己内心创造了一个"致命美人"的形象，称阿赫马托娃为"泣歌的缪斯"和"全罗斯的金口安娜"。她很想与之会面，于是在一九一六年动身到彼得堡，怀着一争高下的情感和愿望：莫斯科对决彼得堡。然而会面未能实现，阿赫马托娃病了，身处皇村。后来，茨维塔耶娃将会给她写一些热情洋溢的信，而阿赫马托娃的回信中则带有其固有的矜持。可以说，或许正是在这种不对等的关系中，阿赫马托娃与茨维塔耶娃天性的对立最为强烈地表现了出来。而此处需要谈一件最重要的事——爱，既是生活中的爱，而这就意味着也要谈谈两人创作中的爱。

对玛丽娜·茨维塔耶娃而言,爱这个词可以与亚历山大·勃洛克所说的"秘密的炽热"联想起来。秘密的炽热是心和灵魂——人的全部本质——的一种状态。这是燃烧、献身、不曾中断的激动、各种感情的紊乱。但最能囊括一切的词仍然是爱。"当胸脯、胸廓中都在发热……而你无人可诉说时——这就是爱。过去我总是胸脯发热,但我不知道,这就是爱。"茨维塔耶娃在回忆自己童年的感受时写道。

她断言自己"在眼睛睁开时"就已开始爱。能唤起这种感觉、这种爱与秘密炽热状态的,可以是一个历史或文学的主人公("消逝的影子"),也可以是大地上的任意一个地方——例如度过童年美好岁月的奥卡河畔小城塔鲁萨;生活中遇到的具体人物当然也可以。"性别和年龄全无关系。"茨维塔耶娃喜欢复述这句话。在这些活生生的、现实的人身上,不知分寸的她可以投下自己感情的巨大风暴。"目标"有时会逃之夭夭。他无法承受茨维塔耶娃向他呈示的激情与要求中所带有的那种炽热气氛。正是因此她才会说,爱一个死者、"消逝的影子"更为容易,而"活人"永远都不会让她按其需要的方式去爱自己;活人自己想爱,想生活,想存在。她甚至有点过分地说道,对于正在爱的她而言,回报的爱情是一种障碍。"不要妨碍我爱你!"她在日记里写道。她的坦率、直爽吓跑了男人,而她理解也承认这一点:"我被爱得这样少,这样萎靡。"

前面已经说过,阿赫马托娃在青年时代就品尝到了没有回报的爱这一甜蜜的毒药,另一方面,她品尝了对自己的爱,而这种爱她也无法回应。她从早年起就有许多崇拜者,但大概并没有人能在她心里唤起那种类似茨维塔耶娃的"秘密炽热"之篝火。

阿赫马托娃有着惊人的外表。从年轻时便认识她的同辈诗人格奥尔吉·阿达莫维奇回忆说:"现在,在关于她的回忆录中,她时而会被称为美人;不,她不是美人。美人不足以形容她,她胜过美人。我从没见过这样一位女性,她的面孔和整个仪态有着表现力、真诚的崇高和某种可以即刻吸睛的魅力,并因此处处显得与众不同,哪怕是跻身各路美人之中。后来,她的外表越来越明显地透露出一种悲剧色彩……当她站在舞台上……似乎就能让周围的一切显得优雅、崇高……常有人刚与她结识,便立即向其示爱。"

阿赫马托娃的仪态仿佛是在请求为自己画肖像;画家们正所谓"争先恐后"地来画她:阿梅代奥·莫迪利亚

尼、纳坦·阿尔特曼、奥莉嘉·卡尔多夫斯卡娅——这还只是一九一四年前！卡尔多夫斯卡娅在日记中写道："我欣赏着阿赫马托娃那优美的线条和椭圆形的面孔,心想道,与此人以血缘纽带联系起来的人们该有多不容易啊。而她则躺在自己的沙发上,视线不曾离开过立在沙发前的那面镜子,她用迷恋的目光看着自己。她还是给画家们提供了欣赏的乐趣——为此可得谢谢她!"

所以,从年轻时起,就已产生了安娜·阿赫马托娃的这种形象:一个"致命的"、悲伤的女性形象,她能不费吹灰之力征服男人们的心,尽管这甚至违背了她自己的意愿。有感于此,年轻的阿赫马托娃(时年十七岁)写下这首诗:

我善于爱。
善于温柔和驯服。
善于用诱惑、呼唤和变幻的
微笑去窥视双目。
我柔软的躯体如此匀称、轻盈,
鬓发的芳香媚好。
噢,谁与我同在,他的灵魂便不宁,
被愉悦笼罩……

我善于爱。我的腼腆是欺骗。

我如此胆怯地温柔，又总是不言。

只有我的双目在诉说……

…………

而我的口中是鲜红的愉悦。

胸脯白过山巅的雪。

嗓音是蔚蓝水流之苾苾。

我擅长爱。一个吻在等你。

后来，阿赫马托娃没有再把这种"卖弄风情"放进自己抒情诗的大门；在那里笼罩的将是各种半音，而所有的感情仿佛都存在于舞台之外，帷幕之后：

胸膛如此无助地冷掉，

但我的脚步并不慌张。

我把左边的手套

戴在了右边的手上。

（《末次相会的歌》，一九一一年）

多年后，茨维塔耶娃就这首诗兴奋地写道："[阿赫马托娃]……只消一笔，就令亘古以来女性和诗人神经质的姿态永存，她们在生命的那些伟大瞬间忘记了哪是左哪是右——不仅是手套，还有手，乃至方向。……通过……惊人准确的细节……确立了……一整个心灵结构。"

但这是在赞赏形式，赞赏诗歌形象的准确。赞赏一种异己的东西。因为阿赫马托娃的矜持与茨维塔耶娃的恣肆截然相反。整座"爱的十字架"，整座爱之山都将由抒情女主人公——也就是诗人自己——来背负。这在茨维塔耶娃的生命中发生了不止一次。带着一种致命的必然性，一切故事的结尾都只有一个：幻灭，而有时甚至是蔑视。她的女儿阿里阿德娜说，母亲所有迷恋的结局都是在历经痛苦后，看清了自己不久前偶像的真面目，然后坚信此人太渺小，太微不足道。

如果说安娜·阿赫马托娃毫无疑问被认为是女性气质的化身，那么对于茨维塔耶娃就存在着两种针锋相对的观点。她的极端性到底该如何解释？有人认为这是种几乎被她发展到极限的，非常具有女性色彩的特征。也有人恰恰相反，把这种在爱情上的"侵略"和"自私"倾向归为某种男性的、积极的要素。无论如何，茨维塔耶娃勇敢承认自己不讨男人们喜欢。再说既然她都不加掩饰地认为他们软弱，无法面对强烈的感情，那还能怎样？那些让她觉得幻灭的倒霉熟人们都被她写进短诗和长诗。"戏剧才子"(《комедьянт》)的形象，长诗《少女王》中永远沉睡的小王子形象等就是这样产生的。然而现在我们谈的不是创作。

对于安娜·阿赫马托娃而言，男人永远只是"爱慕者"——此事我自己就是个活的见证人。窃以为，原因在于阿赫马托娃从未停止过做一个女人。青年时代清瘦、优雅的她一直都是"致命的"。而待到晚年大大发了福，她又变成了一个……女王。庄严的风度结合了一种似乎不可结合的属性：待人处事极其朴素，从而让她的形象对一切与其打过交道的人——包括这几行文字的作者——都充满了不变的魅力。

然而若要多多少少全面地比较阿赫马托娃和茨维塔耶娃这两种诗歌性格，就应该把她们置于历史事件与日常生活事件的"语境"中。俄罗斯历史施加在了二人身上，并迫使她们去接受为自己拣选的命运。

一九一七年夏或秋，在帝国主义战争时期，一个对阿赫马托娃并非无动于衷的人大概曾提议她离开。她于一九一七年秋用一首诗作为答复拒绝了这个建议，第二年她发表了这首诗的下半部分，而在十月事变后，这首诗听起来显得相当爱国；主要是在政治上无可指摘：

一个声音来对我安抚。
它说:"速速来此,
离开你荒凉、罪孽的国土,
永远离开俄罗斯。"

但我冷漠而平静地
用双手把耳朵捂住,
不让这卑劣的言语
把我忧愁的精神玷污。

　　问题不在于爱国主义,更不在于政治。无非就是存在着这样一些人,他们从心灵气质上来说就是世界主义者;安娜·阿赫马托娃却不属于此列。她年轻时就对外国有所了解;那里的生活大概由于某种费解的、内在的、创作性的因素而无法吸引她。她是俄罗斯诗人,也只是俄罗斯诗人,这一点在她身上年复一年表现得愈益强烈。她被生活判决要在其故土,在"荒凉、罪孽的国土",在俄罗斯背负自己的十字架,尽管那里的生活一年比一年让人难以忍受。正如阿赫马托娃生平与创作最优秀的研究者,英国人阿曼达·海特所准确断言的那样,诗人试图躲起来,避免家庭生活中的种种困苦,但徒然无功。她与不同的男性结合,他们都爱着阿赫马托娃,而她也试图为了他们而做忠诚的旅伴,但这些结合都崩塌了,就像生活本身在不断崩塌、畸变一样。要想在故土寻获家的类似物,那就不应投胎做诗人。"致命的"女性不是为了凡俗生活而被创造的;不但如此,接触了凡俗生活后,她还会被扭曲——就像她的伴侣们一样。

十月事变后,安娜·阿赫马托娃的生存是一幅可怕的图景。

关于玛丽娜·茨维塔耶娃也可以这样说:大家已相当熟悉她在所谓"后革命"莫斯科的生活……当她获悉谢尔盖·埃夫龙还活着,正身处土耳其,即将前往布拉格时,便毫不犹豫开始整装出发,而且只要一想到万一走不成,就会惊慌失措……她离开时心情沉重:她在莫斯科失去了死于饥饿的小女儿;她要去往一个"黑洞"。但她还是去找丈夫了;如果没有他,生命对于她就是不可思议的。

而且,尤其重要的是:她的创作能量是如此强大,她的的确确是无一日不写作(诗、日记、信件)。一九二二年五月抵达柏林后,尚未见到耽搁在布拉格的谢尔盖·埃夫龙,她便立即感到创作力量高涨,感受到一种脉动,由一个抓住其想象力的人在无意间送来——于是抒情诗的洪流开始进涌……这一切都并非发生在"故土",而是发生在"异邦",这一情况并不重要。与祖国的分隔永远都没影响到茨维塔耶娃的创作。

如果说阿赫马托娃长成了一个俄罗斯诗人,如果说她心怀自己的时代(后来人们将用大写的"时代"来称呼她),那么作为诗人的茨维塔耶娃似乎就逐渐成了"普世公民"。难怪卡罗琳娜·帕夫洛娃的这些诗句让她觉得亲切:

> 我是普天下的客人,
> 处处于我皆是飨宴,
> 我注定要被赋予
> 整个月下的世界!

茨维塔耶娃曾断言:"生活是个不能活着的地方,在生活里什么都不能做。"大地上的诗人是被俘的精灵,他在"自己心灵的宽广"中创作,那里的一切都受其支配。茨维塔耶娃的抒情诗是人类情欲的迷宫,是爱情的突变,诗中的"她",亦即抒情女主人公,比自己爱的对象更强大、更智慧。茨维塔耶娃的诗中没有时间、地点的痕迹;

它们是普世的。其大型作品——戏剧和长诗——的主人公则是同样不容于世的文学或历史人物。而其中主要的、恒常的情节冲突是离别、错失、不遇。在其许多作品的结局中，一切以某种上升告终，上升到一个不同的、高高在上的世界：不是天堂也不是地狱，不是上帝的或魔鬼的世界，而是上升到诗人的天空，用茨维塔耶娃的话说，那是"有自己律法的第三王国……大地之上的第一个王国，是第二大地。在精灵之天空和出身之地狱（ад рода）之间是艺术，是涤罪所，这里的人没一个想去天堂"。

玛丽娜·茨维塔耶娃信不信教？对这个问题不会有绝对的答案。作为诗人的茨维塔耶娃感觉到自己上方有某个最高的天上世界，有一种能使诗人服膺的神秘自然力，有诗人的守护精灵（阳性词，她很少用"缪斯"这个词）。①

这是诗人的**存在生活**（茨维塔耶娃本人的表述）。至于**凡俗生活**，也就是尘世人等过的那种"不能活着的"寻常生活，那么恰恰是在此处，茨维塔耶娃的表现让人惊讶：她驯服地遵守家庭妇女的"游戏规则"，带着两个孩子

① Гений（"天才；守护精灵"）一词为阳性，而 Муза（"缪斯"）则为阴性。

（儿子生于一九二五年）和一个近乎失业的丈夫,忍受着半赤贫生存的种种令人窒息的境遇:打扫,浣洗,做饭,织补,等等。但我们上面谈到的茨维塔耶娃所具有的那种现象级的能量足以应付一切。还能有余力用来写诗和散文,在文学晚会上表演(为了赚钱),以及教育孩子。

她抱怨,大声抱怨这种生存,向许多人求助(也确实得到过援助),诅咒这贫苦的、毫无情趣的生活——然后继续生活,继续写作,继续出版。她的绝大多数著作都刊发了。随着时间的推移,她写诗将越写越少,而是转向散文,但片刻都未停止写作。再补充一句:她还继续钟情于人……

她不幸福,再说因为她那种悲剧性气质,她也不可能幸福。然而客观地说,无论如何,她在国外(柏林、捷克、法国)生活的十五六年(不算最后两年)还是可以称得上平安顺遂……

如果从平安顺遂的角度,或者哪怕是从凡俗生活最基本的"安身立命"情况来看,安娜·阿赫马托娃的日子都是彻头彻尾的地狱,而且情况愈来愈糟。一九二二年六月,当茨维塔耶娃准备从德国转赴捷克时,阿赫马托娃写了一首诗,其中不仅表达了她对俄罗斯及其命运的看法,也仿佛微微坦露了自己心灵的一角:

抛下故土,任由仇敌凌虐者,
这些人我不与之同在。
我不会赠予他们自己的歌,
他们粗鲁的阿谀我不理睬。

但我永远怜悯那被逐者,
视若囹圄中人,视若病号。
你的路途是昏暗,漂泊客,
异乡的面包味同苦蒿。

而此地荒僻的大火毒烟里,
我们正戕害青春的残迹,
没有一次我们的打击
会从自己的身上偏离。

早已料到,每一个时辰
都将受后世的清议辩护……
但在世上没有人比我们
更无泪、更傲慢、更朴素。

全部的阿赫马托娃都在最后两行诗里:矜持,庄严,朴素。她已准备好背负自己的十字架,饮尽整杯苦酒。苦酒的主题是不可思议的孤独,因为她从来都"既不与这些人同在,也不与那些人同在"。她的生活逐渐崩塌。于是她,诗人安娜·阿赫马托娃,把这个国家的一切苦难都扛在自己肩上。

起初她的诗集还能出版:国内的政治和文坛形势尚在最终绝境的边缘努力保持平衡。随后,一切都猝然中止。"一九二五至一九三九年间我的书被完全停止出版……这是我第一次出席自己的公民权之死。那时我三十五岁……"阿赫马托娃写道。

她所经历的赤贫是难以想象的。同时代人回忆道,她家有时不仅没有茶里放的糖,就连茶本身也缺少;她没有收入;不断生病,没完没了地发烧,时常都没法把头从枕头上抬起来,夜以继日地卧床。当然,忠实的朋友还是有的;他们前来造访,捎来食物,帮忙——更确切地说,承担起了各种日常大小事务。阿赫马托娃从来无求于任何人,而且也不需要这么做;大家都知道她处理不来日常事务,于是无须她开口委托,便会愉快地帮忙完成。大家都知道她不是在卖弄,不是要装出一副"大小姐"派头。她与凡俗生活绝缘,这是自然而然,出自本性,就仿佛一件她绝对力所不能及的事物。而她也是以同样的斯多葛精神,毫无抱怨地忍受着自己永恒的疾病,无法容忍和允许别人"可怜"她。

但她的精神一直都在工作。当她在二十年代几乎停止写诗时,她开始研究普希金,研究他的悲剧、他的遇害、他的创作心理学。阿赫马托娃把很多年岁献给了自己的"普希金学",而这项工作将很适合她的天性:有条不紊的深思熟虑,比较各种不同的文献,当然,还有大量重要、细致的发现。

玛丽娜·茨维塔耶娃对普希金题材的钻研来得稍晚些,而且她不像阿赫马托娃那样深入地研究普希金。她的判断和"公式"无情而偏颇;阿赫马托娃的观察则较为谨慎,虽然并非缺乏激情;在每一个想法之后,她领会、深思过的文献都能叠成一座山。尽管她俩是截然相反的"普希金学家"(茨维塔耶娃在这方面很让阿赫马托娃恼火),但在不喜欢娜塔莉娅·尼古拉耶夫娜·普希金娜这一点上倒是如出一辙。

总的来说,就连她们的创作过程本身也是完全不同的。茨维塔耶娃让自己的灵感服从于一种如男性般精干、细致的作息制度。"灵感加犍牛般的劳动——这就是诗人。"她如是断言。她会写满数十页纸,就为了寻找一句需要的诗行,甚至只是一个词语。诗是以另一种方式找上阿赫马托娃的。已经有不少人写过,她闭眼躺着,费解地嘟囔些啥,或者干脆就动动嘴唇,然后便开始记录自己听到的东西。自然而然,她们干起翻译工作也是这样的。茨维塔耶娃用一栏栏的韵脚、诗行的各色变体等填满草稿本。我不止一次见过这样的草稿本。而这件事阿赫马托娃做起来当然是"用阿赫马托娃的方式"。

有一次,我应一位编辑之请把保加利亚诗人彭乔·斯拉韦伊科夫的两首无韵诗逐字译文转交给安娜·安德烈耶夫娜①。后来我看到了她的译文。阿赫马托娃只是稍稍改动了一下逐字译本:这里换句句子,那里换个词,然后奇迹出现:诗行听来宛如音乐了。在这一切之后同样是诗人的劳动;只是托付纸面的已不是探索(如茨维塔耶娃的草稿那般),而是成果。

……笼罩国内的严酷局势正在有计划地逐渐击溃阿赫马托娃。一九三九年,她的儿子被捕(第一次是在一九三五年,但当时他旋即获释)。

这场悲剧让阿赫马托娃成为伟大的俄罗斯诗人。

在一九三五到一九四〇年的五年时间里,她写下的

① 即阿赫马托娃。

诗不超过二十首。但问题不在于数量。一个悲剧般的声音从地狱中响起，那是被处决和折磨的上百万人之声。受苦受难、横遭凌辱的俄罗斯开口说话了——借的正是这位诗人之口，她在"荒僻的大火毒烟里"依旧与自己的人民同在，并从他们那儿"偷听"到这些无比的词句①，只有借助它们，这场噩梦才能被和盘托出。

> 这苦难摧折群山，
>
> 使大河不再奔流，
>
> 但紧锁着那监狱的铁闩，
>
> 门后是"苦役犯的陋庵"
>
> 和死一般的哀愁……

这些诗句构成了组诗《安魂曲》。在她去世二十年后，它们才得以在俄罗斯出版……

俄罗斯的悲剧终于也追上了玛丽娜·茨维塔耶娃。一九三九年六月她返回莫斯科的情况已广为人知，她从一种覆灭中逃脱出来，径直落进另一个陷阱。女儿阿里

---

① 指的是《安魂曲》尾声中的诗句："我为她们编织了一块宽广的罩布，／用的就是从她们那偷听来的可怜表述。"

阿德娜和谢尔盖·埃夫龙都在一九三九年被捕,与列夫·古米廖夫同时。阿赫马托娃把包裹带去列宁格勒的刑讯室,而茨维塔耶娃则带去莫斯科的。此时她俩对彼此又了解多少呢?

> 心爱之人被吞入漩涡,
> 双亲之屋亦横遭荼毒。
> 玛丽娜,今日你与我
> 行走在夜半的首都,
> 我们身后是数百万难友,
> 没有比这更无言的行进,
> 而送葬的钟声响彻四周,
> 还有莫斯科的狂野呻吟,
> 那是暴雪正掩盖你我脚印。
>
> (《"隐身人,分身,嘲笑者……"》,
>
> 一九四〇年三月)

这些诗行茨维塔耶娃已无从知晓了。

还需要提一下她俩的会晤,尽管已经被描绘过许多次。她俩在一九四〇年六月七日和八日,也就是开战前不久在莫斯科见了面,阿赫马托娃去那里为儿子奔走。谈话的内容几乎完全不为人所知。我们只知道阿赫马托娃多数时间都在沉默,而茨维塔耶娃话则神经质地说了很多。在外在层面上她们似乎不怎么喜欢彼此。"就是个太太。"茨维塔耶娃冷漠地回答了某人兴奋的问询。而阿赫马托娃则幽默地指出:"她像只蜻蜓一样干巴巴的。"又对另一位谈话人说:"与她相比我就是头小母牛。"由于落在两人肩上的重负和苦难,她们对彼此无疑存在的好奇心自然黯淡了许多。然而诗人之间进行创作交流的尝试仍然是有的,却最终变成彼此间的不理解,或者用茨维塔耶娃的话说,"不遇"。她读了《空气之诗》(并赠给了阿赫马托娃)。阿赫玛妩娃则朗诵了其珍藏的《没有主人公的叙事诗》之开篇,一首关于为上世纪的阴影鬼迷心窍的长诗,之后她还要把许多岁月奉献给这部作品。(提醒一下,对安娜·阿赫马托娃来说,"非日历意义上的"新世纪、二十世纪始于一九一四年的大战,因为它预示着俄罗斯覆亡的开端。)当茨维塔耶娃听《硬币的背面》这一章时,《安魂曲》的诸多动机仿佛"地下水流"般掠过——但她未必能听出些什么;对《安魂曲》她一无所知,其中的诗句被深深埋藏,只给极少数人读过……她能领会到的只有浮在表面的东西:各种人名、物名的暗语和表演。"要

461

在四一年写这些阿尔列金、科伦比娜和皮埃罗们①，得有巨大的勇气!"阿赫马托娃记得茨维塔耶娃这么说。

阿赫马托娃也同样不喜欢茨维塔耶娃纪念莱内·马利亚·里尔克的《空气之诗》——一首关于死亡，关于离世，关于与大地元素分别，关于转向**精神**、**理性**与**创作**之伟大元素的天才之诗。"玛丽娜遁入了玄妙（зАумь）②，"在多年后的一九五九年，阿赫马托娃就《空气之诗》写道，"诗的框框已让她感到拘束……一种元素对她而言太少了，于是她离开去投身另一种或另一些元素了。"

两位大诗人互不理解彼此。这样的事是会发生的：每个人的创作个体性都太强了。再加上俄罗斯的环境也无助于她们详尽、坦率地表明态度。时间对相互理解而言必不可少，然而时间却再也没有了。

---

① 佩德罗利诺、科伦比娜和阿尔莱基诺这三个人物都是意大利即兴喜剧（又称面具喜剧）中的定型角色。皮埃罗是佩德罗利诺在法国即兴喜剧中的变体，通常也被称作"丑角"；阿尔列金则是阿尔莱基诺（在法国变体中则被称作阿勒坎）的俄语名。俄罗斯白银时代的文人经常在自己的创作中化用意大利即兴喜剧的人物与剧情，因此阿赫马托娃在回首往昔的《没有主人的叙事诗》中开篇即提到了这三个角色的名字。

② 字面义为"在知性之外"，诗人阿列克谢·克鲁乔内赫发明的用来形容未来主义者诗歌语言实验的概念。

两周后战争开始。八月三十一日，玛丽娜·茨维塔耶娃在鞑靼斯坦的叶拉布加自尽。阿赫马托娃被疏散到塔什干。她在茨维塔耶娃身后又差不多活了二十五年。她还得"被折磨个够"，还要面临一连串的悲剧。只有到生命的尽头她才获得国际上的承认——在英国和意大利得奖。

　　种种悲剧性波折愈发确立了安娜·阿赫马托娃作为俄罗斯民族诗人的崇高地位，她把自己人民的全部苦难纳入自己心中，负在自己身上。

　　对此的一项最佳证明或许就是她在一九六一年，亦即去世前五年写下的一首诗：

　　　　假如这世上所有向我

　　　　请求过真诚帮助的人——

　　　　所有的圣愚和哑巴，

　　　　被弃的妻子和残废，

　　　　苦役犯和自杀者——

　　　　每人捎给我一个戈比，

　　　　那我会"比全埃及人都富"，

　　　　套用故人库兹明一言……

　　　　可他们没给我捎来戈比，

而是与我分享自己的力量。

于是我便强过世上一切人，

就连这个我都不觉困难。

（糜绪洋 译）

诗人的命运:玛丽娜·茨维塔耶娃[*]

 玛丽娜·茨维塔耶娃(1892-1941)的诗歌与曼德尔施塔姆和阿赫马托娃的诗歌迥然不同,它在俄罗斯二十世纪文坛上占有独一无二的地位。玛丽娜作为一个艺术史教授和莫斯科博物馆馆长的女儿,是在学者和艺术家

---

 [*] 本文选自马克·斯洛宁,《苏维埃俄罗斯文学》(上海译文出版社,1983),页270-278。马克·斯洛宁(Marc Slonim,1894-1976),俄裔美国文学评论家,曾任捷克布拉格出版的《俄罗斯意志》编辑,先后在布拉格和巴黎工作和生活多年。后移居美国,在多所大学讲授俄罗斯文学和文化。主要著作有《苏维埃俄罗斯文学:作家与问题》(*Soviet Russian Literature*:*Writers and Problems*,OUP,1964,1967,1977),《现代俄罗斯文学》(*Modern Russian Literature*,OUP,1953),《俄罗斯文学概要》(*An Outline of Russian Literature*,A Mentor Book,1959)。玛·茨维塔耶娃侨居国外十七年里所创作的诗歌和散文等作品,几乎大部分经斯洛宁的手发表。他与茨维塔耶娃建立了深厚友谊,并撰有长文回忆茨维塔耶娃。

们极有教养的环境中长大的;她陪同她患病的母亲(一位优秀的音乐家)到了国外,在瑞士的学校上过学,精通法语和德语。据她在回忆录中说,她六岁就开始"作诗",十六岁就发表了第一首诗。几年以后,她发表了两本诗集,但一直瞒着家人。这两本诗集是《黄昏纪念册》(1911)和《神灯》(1912),当时只引起几个诗人和鉴赏家的注意。一九一二年以后,茨维塔耶娃写了许多引人注目的诗歌,反映了她激情的气质和惊人的娴熟的技巧。一九二二年,莫斯科国立出版社出版了茨维塔耶娃的两本书:诗体民间故事《少女王》和《里程碑》(帕斯捷尔纳克说,他为这本薄薄的小册子的抒情力量完全吸引住了)。一九一二年,她和大学生谢尔盖·埃夫龙结了婚,并为他生了个女儿阿里阿德娜,人们都叫她阿利娅。后来她又生了个女儿,但在玛丽娜过着悲惨而贫困生活的革命时期,这个女儿由于营养不良而夭折了;她的丈夫当时正在南方和白卫军队共同作战。战争胜利后,玛丽娜被批准出国;一九二二年他们一家在柏林再次团聚。这时,俄文书籍市场在德国发展良好,茨维塔耶娃出版了三本小册子,即《离别集》《献给勃洛克的诗》和《普绪赫》,还有一部题为《手艺集》的诗集,这部诗集确立了她作为流亡者中第一流诗人的声誉。她们一家后来迁居到布拉格。一九二五年,茨维塔耶娃又生了个男孩(取名格奥尔吉,母亲叫他穆尔)。随后,全家定居法国,从一九二六年至一九三九年他们住在巴黎的近郊。

茨维塔耶娃是在她创作的全盛时期到欧洲的。在十七年的流亡生活中,她创作了她的最佳诗歌和散文。旅居捷克斯洛伐克的那几年,是她创作最旺盛的时期,也证实了她是有创新天才的诗人。她的两首长诗《山之诗》和《终结之诗》都是描写爱情,爱情的错综复杂,不同情感的对比,以及遭受分离折磨的痛苦。它们措辞剧烈,感情深刻,辞藻华丽;还有长达七十五页的诗体故事《花衣吹笛手》(即《捕鼠者》),无可置疑,这些都是二十世纪俄国诗歌中最优秀的作品。《花衣吹笛手》是根据中世纪一个神话故事写成的,其中一部分无情地揭露了德国小城镇哈默尔恩的市民那种心胸狭隘、平淡无奇、卑鄙自私的心理状态;这个城镇因老鼠侵袭为患。另一部分则是一个浪漫故事,描写一个神秘的青年吹笛手,并把他作为诗歌和魔法的象征。老鼠随着笛声而离开了这个小镇;吹笛人要求同市长美丽的女儿格莱塔结婚作为酬报。他遭到了斥责和辱骂;为了报仇,他用迷人的笛声拐走了城镇上的儿童。吹笛人把儿童引到一个幻想的天堂,他们愉快地溺死在一个神秘的湖泊中。

这种被茨维塔耶娃称之为“抒情性讽刺作品”的形式是别具一格的。它连续运用刚劲急促的节律,诗中多警句,经常压缩到一个词,显示出她使用语言的精湛技巧,这种技巧把简练的释义和锐利的箴言结合在一起。《花衣吹笛手》于一九二六年在布拉格俄文月刊《俄罗斯意志》上全文刊登。① 可是,当时流亡国外的评论家们没有领悟到它那种无与伦比的独创性。四十年后,《花衣吹笛手》经过审查官的稍稍删改后,就在一九六五年莫斯科出版的茨维塔耶娃诗集中重新刊出。

在朋友们的帮助下,茨维塔耶娃于一九二八年在巴黎出版了一整卷诗集《离开俄罗斯以后》,这是她生前发表的最后一部作品,而这一次流亡者的报刊对这一文学事件又未予以重视(当然,在苏联就根本没有提及这件事)。这是她悲惨命运中的典型事件之一。在苏联,她的作品被禁止发表长达三十年之久。当她在欧洲流亡时,她的作品只为一小部分内行的读者所欣赏。更糟糕的是,她不得不在极端困苦的物质条件下写作。在这十七年中,她时刻遭受贫困的威胁,不得不为生存而斗争。她要解决两个孩子和体弱多病的丈夫的衣食,还得照顾他们。玛丽娜除了在家中烧饭、洗衣和护理外,还得养家糊口。整整几个月,全家的

---

① 作为该月刊的文学编辑,笔者从 1922 年至 1932 年期间继续发表了茨维塔耶娃大量的诗歌、论文和诗体剧。——原注

收入主要靠她微薄的稿酬和少数几个朋友偶尔的资助。她在一九三二年的一封信中写道:"你简直不能想象,我过着怎样贫困的生活。除了写作,我没有其他挣钱的门路。我们正在饥饿死亡线上挣扎。"

但是经济困难还不是茨维塔耶娃最大的不幸,还有寂寞和孤独;她痛苦地意识到,赏识她的作品的人寥寥无几。她从不怀疑自己作品的价值,但她感到气愤的是,流亡者和俄国人都不重视她。与此同时,她的女儿阿利娅决定返回俄国;此外她的丈夫谢尔盖由于政治上的变化,不仅倒向共产主义,而且还使他卷入一九三七年由一名苏联秘密特务执行的对前共产党官员伊格纳季·赖斯的暗杀事件之中。玛丽娜对此事一无所知,而埃夫龙从法国逃往莫斯科的事,对她来说真不啻晴天霹雳。她和年方十三岁的儿子留在巴黎。儿子也热切要求母亲回到祖国去。她在流亡者中的处境简直难以维持下去;最后只得跟随丈夫和女儿一起回到苏联。尽管她认为这样做是她的责任,但她是怀着沉重的心情和不抱任何幻想离开法国的。她曾对一个朋友说:"我在这儿是多余的人。到那边去也是不堪设想的;在这儿我没有读者;在那边,尽管可能有成千上万个读者,但我也不能自由呼吸;也就是说,我不能创作和发表。"但是,她在莫斯科的遭遇却远远超过了她原先的可怕预测。

从一九三九年她回到苏联直到她逝世为止,她能发表的仅仅是一首早期的诗歌,并且只能翻译一些外国诗人的作品。几个月后,她的丈夫、女儿和姐姐都被捕了。阿利娅在监狱、集中营和西伯利亚的流放中一共度过了十六个年头。一九五六年她才被"恢复名誉",之后住在卡卢加附近的塔鲁萨,直到一九七五年逝世为止。我们至今仍然不知道埃夫龙被处死的确切日期:可能是在一九四〇年,也可能是在战争刚爆发时。①

一九四一年,当德军向莫斯科挺进的时候,茨维塔耶娃和她的儿子穆尔撤退到叶拉布加,这是鞑靼自治共和国卡马河畔的一个村庄。有一些作家住在她附近,但她向他们求助,都遭到了冷遇。她惟一能找到的工作是在一个餐馆里当女厨子。她的儿子身材魁梧,要求参加志愿军;这时候,她觉得自己完全孤独了,周围的一切都对她冷漠或敌视。她感到一切都在一种世界性的灾难中崩溃了。一九四一年八月三十一日,她悬梁自尽,被埋葬在一个集体墓葬里。没有人参加她的葬礼。

茨维塔耶娃死去二十年以后,在五十到六十年代,她才在苏联国内外以及流亡者中间获得了赞誉。笔者自一九二

---

① 即 1941 年 10 月 16 日。

三年以来一直在做促使她作品出版的工作。一九五二年笔者曾公开表示这样的看法："重新发现茨维塔耶娃的作品，对它们重新作出评价，并给予应有地位的日子即将到来。"一九五七年，帕斯捷尔纳克在他的自传性随笔《人与事》中写道："她的作品的出版对俄罗斯诗歌来说将是一个伟大的胜利和伟大的发现，这一姗姗来迟的礼物必将立即充实并一举震动俄国诗坛。"到那个时候，她的手抄本诗篇正激起俄国青年们背诵她诗歌的热情。新的诗人竞相效仿茨维塔耶娃，并称颂她为他们的大师。她的声誉和影响正在令人难以置信地日益增长着，她的许多诗歌已在文学集刊上重行刊登，一九六一年出版了她的诗选，四年之后又出版一本有各种注释和异文对堪的、厚达八百页的诗集，并附录一些论文、回忆录和评论。无论在东方或西方，人们都普遍地认为茨维塔耶娃是本世纪最伟大的俄罗斯诗人之一。

凡是认识玛丽娜·茨维塔耶娃的人，同笔者一样，都还记得她是一个身材苗条、为人正直的年轻妇女，一头金发，衬托着一张端庄、自重的脸庞，常常由于她那奇妙的微笑和一对大大的近视眼而显得神采奕奕。她的个性和她的艺术（帕斯捷尔纳克称颂她的艺术"技巧之卓无与伦比"）同样地吸引着人们。从根本上来说，她是个浪漫主义者，她似乎要体现和表达出运动着的和永不宁静的自然力，一股冲破人间的牢笼永远向上的浪潮。实质上这是一种理想主义的倾向，近似"狂飙突进运动"时期的荷尔德林和其他德国诗人的精神，但它却没有软弱、悲伤和忧郁。一些评论家谈论她具有"男性气概"。尽管她写下了大量有关爱情的抒情诗，但她确实具有一种活力，一种和她的女性容貌、羞怯而文雅的举止似乎不相称的激动和力量。

她像所有真正的诗人一样，致力于使现实理想化，并把最最微不足道的小事变为激动人心的事件，变为一种令人振奋、经常是神话式的东西。她把客观的事实、感情和思想加以扩大：不论当时什么样的东西占据她的思想和心灵，她都以非常强烈的手法，用诗歌或者更简单的对话来表达它们，使她的读者和听众都能全神贯注。她妙语连珠，并倍加欣赏精通快速对话游戏的对话者。这种对话酷似网球比赛，词句像来回飞舞着的网球。她是个智力超群、思维敏捷的女子，能把幽默感和驾驭抽象概念的能力结合起来而不失对具体现实的理解。她广泛地阅读世界各国文学作品，具有敏锐的评判能力和惊人的记忆力——这明显地表现在她的论文和散文体的回忆录中。尽管她与形而上学相距甚远，并且把上帝的问题留给神学家们（她不喜欢陀思妥耶夫斯基）去解决。但是，她试图在尘世间，在人的身上和大自然中寻找神圣的火花。这种寻求是过分的，就像她对诗

472

歌、对创作的想象力或对过去的伟大人物的激情也是过分的一样。在她一生的各个时期,她曾崇拜过拿破仑或歌德;而且她会突然把一些孤立的同时代人置在受人尊敬的地位,随后又突然会把他们推倒在地;她常常由夸张的赞美变成极端的失望。她从来没有保持中立或冷漠的态度,而总是似痴似狂地热爱或者憎恨艺术作品或个人。她特别喜欢的格言之一是:"文学是靠激情、力量、活力和偏爱来推动的。"她意识到,自己过分的热情和憎恨使她无法适应日常生活的常规。"在这个锱铢必较的世界中。我对我过分的感情激动该怎么办呢?"她在自己最具揭露性的诗中的一首感叹道。

她在流亡者的文学世界里给人们留下了一个奇特而独一无二的形象,在那里,先前占统治地位的思想不是保守主义便是象征派和阿克梅派的传统思想。茨维塔耶娃偶然也使用象征派的隐喻,她还喜欢勃洛克和别雷,但她既不是他们一派的人,也不属于其他任何流派。她的作品的整个要旨以及大胆进行语言实验使她接近于赫列勃尼可夫和帕斯捷尔纳克,并有时接近于马雅可夫斯基,且总的来说能让她跻身二十年代的先锋派。她的文体精确、清晰、轮廓分明,她喜欢铜管乐器胜过长笛,她的诗才的特征是激烈、活泼、有力,诗歌的节奏是快速剧烈的断奏,有强烈的重读,分散的词和音节顿挫合拍,就这样从一行或一个对句转到另一行或另一个对句(连行)。诗人强调的是表达和词的重读,而不是悦耳的曲调。她不像马雅可夫斯基那样大声叫嚷,她的诗是感叹,而不是雄辩,她喜欢演奏打击乐器而不是小号。但是她的呼声经常是刺耳的,几乎成了尖叫。

这位被她文学上的敌手称为亚马孙①的诗人,对自己的要求同对别人一样严格:她憎恨一知半解的非专业者和空洞的赘言,并不惜时间去找寻正确的词汇和一种适当的语调。她这样把大量的精力花在作品中,倒有点儿像个苦行者。当人们指责她的自我主义太过分时,她回答道:"人在世间的惟一任务是忠于自己,真正的诗人总是自己的囚犯;这种堡垒比彼得保罗要塞②还要坚固。"

茨维塔耶娃的诗作初看起来似乎是晦涩难解的,但这种表面的印象主要是由于她那简洁的,几乎是电报式的文体所造成的。这种文体截然不同于平庸的蹩脚诗人的那种冗长累赘、捉摸不定和结结巴巴的胡言乱语。她精心修饰的句子如同闪烁的火花,像电流一样穿过人的全身。往往

---

① 亚马孙是古希腊神话中的女英雄、女战士。

② 这座在圣彼得堡的要塞,曾用来作为监禁政治犯的监狱。——原注

省略了短语之间的语法连接,不断破坏词语的连贯;同时,互不联系的词语被用来作为诗人用越来越快的步伐踏上的征程路途旁的路标。除了她二十年代初的民间故事《少女王》和《小伙子》外,方言俗语只是她极为丰富的词汇量的一部分,并且同她优美的格律和语言创新融为一体。

她最喜欢采用追溯词根的方法。她通过去掉前缀,改变词尾及一两个元音或辅音(有点像法国的超现实主义者)而成功地揭示各种词语的原始意义。她进行语音学游戏,从声音的接近中得到词语的新意义。例如,她的长诗《山之诗》就是建立在俄语"山岳"(ropá)和"悲哀"(rópe)这两个词的相近发音上,她从这个主词中惊人地引伸出大量的派生词来。这种"音素的游戏"并没有蜕化为矫揉造作和玩弄语言的拙劣伎俩。这种对词语"核心"和"真情"的探索,不仅使词语重放光彩,而且还赋予它们更深的含义,衬托出它们感情上的实质和概念的价值,从而达到了一种形式和精神罕有的统一。她的简短有力的诗行、韵律、头韵,暴风雨般的节奏,高度激励人心的感叹,表现了诗人不屈不挠的、叛逆的天性。

茨维塔耶娃在身后获得的荣誉,终于使苏联官方经过一再拖延之后承认了她的地位。她的妹妹阿娜斯塔西娅从劳改营释放后,于一九六〇年来到叶拉布加,并在那块人们认为埋葬着女诗人遗体的墓地上竖起了一个简单的木十字架,上面写明茨维塔耶娃出生和死亡的日期。这就是在苏联对这位伟大诗人惟一的公开纪念。但是,她的诗歌却活在千百万人的心里。茨维塔耶娃的诗歌和大量的苏联普通诗歌截然不同,无数读者都重视这一事实。她一反那种空洞而虚伪的宣传或口号,以及政治性的和爱国主义的夸夸其谈,而提供了完全真实的、纯抒情的和独特的题材;它们充满着真挚的情感,浪漫主义的幻想,对独立的歌颂,对爱情和大自然的憧憬。单从她那些组诗的题目来看,也颇新颖别致:《空气之诗》《树木》《云彩》《阿芙洛狄忒赞》《红马》和《步行颂》。她的剧本是献给卡萨诺瓦和十八世纪的其他冒险家的;在她强有力的和富有想象力的论文中,包括丰富多彩的回忆录和内心独白中,描写了她所熟悉的作家和艺术家。美国出版了她的散文。而苏联审查官们只准许出版她的一些次要作品和富有暗示的作品《我的普希金》。她的书信由于具有高度文学价值而成为她著作中另一重要的篇章,例如她和帕斯捷尔纳克进行柏拉图式恋爱的通信。

茨维塔耶娃作品的整个内容对于被意识形态束缚的苏联读者来说是完全与众不同的,因为它和时事以及俄国社会、经济和政治环境的现实毫无联系。在二十年代初,她在诗作《天鹅营》和《彼列科普》中,赞扬"白军"(这两首诗在苏联遭到禁止,她死后在国外出版)①,一九三九年,她为纳粹占领她亲爱的捷克斯洛伐克而写了一系列歌颂自由的诗篇。但是,在她其余的一切作品中,竟没有一篇是与革命有关的。她置身于历史之外的生活、幻想和创作;她也意识到这一点,有一次说道:"我和我的世纪失之交臂。"但是,具有讽刺意味的是:这位诗人虽然和她周围的生活相隔如此遥远,却使用了最革命的诗体和富有挑衅性的革新;因此,比起那些试图徒劳地用政治约束和社会主义现实主义的桎梏来驾驭诗歌并遵循特定路线的官方诗人来,她就更真实和更深刻地代表了她那个时代的精神。

(浦立民 刘峰 译;毛信仁 校)

---

① 1938年或1939年,她还写了一首关于沙皇尼古拉二世和整个皇族被残酷谋害的长诗,这或许是对马雅可夫斯基《皇帝》一诗作的回答和响应,笔者曾在三十年代,当她在巴黎将这首诗念给她的一些朋友听时听到的。原文可能在第二次世界大战期间,在阿姆斯特丹档案馆遭到轰炸时,已被毁掉。——原注

编后记

　　在"文学纪念碑"丛书里,茨维塔耶娃出现的频率大约仅次于陀思妥耶夫斯基。时势使然,茨娃系列暂告一段落,不妨借这本诗选再版的机会,追忆出版这些作品的契机和心路。

　　安娜·萨基扬茨的三大册《玛丽娜·茨维塔耶娃:生平与创作》(2011)是丛书04号作品(当时还没有想到标序列号),给茨娃系列开了个大气的头。正是因为出了传记,想着出版茨娃作品,这才有了联系苏杭老师,接连出了"茨维塔耶娃作品系列":诗选(2012),散文选(2012),书信选(2013)。原计划还有回忆录选以及长诗系列(如《捕鼠者》)。

　　诗选来自苏杭老师一九九一年出版的译本《致一百年以后的你:茨维塔耶娃诗选》(外国文学出版社,1991),

这是大陆出版的第二部茨娃诗选,前一年有娄自良先生的译本《温柔的幻影:茨维塔耶娃诗选》(上海译文出版社,1990)。诗选所属的小开本系列很有名,加之译名本身富有感染力,就保留了原译名,苏杭老师修订增补。散文选和书信选则拆自苏杭老师的译本《老皮缅处的宅子》(中国文联出版社,2001),散文选书名"刀尖上的舞蹈"化用茨娃诗句,书信选书名"火焰的喷泉"来自茨娃诗句。要单独成书,原有书信选体量不够,遂作了增补。

还记得在北京和平里青年路苏杭老师家里,他向我展示了他翻译的部分关于茨娃的回忆录,作者有茨娃女儿阿里阿德娜、文学史家马克·斯洛尼姆、作家利季娅·丘可夫斯卡娅。这些泛黄的稿纸促使我提前编出一本薄一点的同时代人回忆茨维塔耶娃(回忆茨娃的文章俄文资料非常丰富,全部译出体量巨大),我又编选了几篇此前已有译文的,如爱伦堡、帕斯捷尔纳克、茨娃妹妹阿纳斯塔西娅,分别为之撰写题记,组成《寒冰的篝火:同时代人回忆茨维塔耶娃》纳入丛书,书名"寒冰的篝火"即是"火焰的喷泉"的上句,两组相反的意象构成了一个意蕴丰富的世界。

这本书又引出了另外一本。苏杭老师手头有全本的阿里阿德娜·埃夫龙的回忆录,我借走复印,延请谷羽老师译出，也就是纳入丛书的《缅怀玛丽娜·茨维塔耶娃：女儿的回忆》。这是一本沉重而温暖的书，阿利娅的文字干净利落，文字背后的情感绵密醇厚。母亲与女儿的生活与精神世界的联系让人称奇。尤其是后半部分阿利娅与帕斯捷尔纳克因为母亲茨维塔耶娃而通信（中译本特意增补了新刊的十几封信件），其间的情感暖流与艺术眼界令读者唏嘘。

说回茨娃诗选。除了娄自良译本（新版为《除非有一天朝霞赶上晚霞》，南海出版公司，2016）、苏杭译本外，流传最广的应该是汪剑钊译本（东方出版社，2003，2011），其修订版则是《她等待刀尖已经太久》（华东师范大学出版社，2017）。此外还有谷羽译本《我是凤凰，只在烈火中歌唱》（上海译文出版社，2014），王家新译本《新年问候》（花城出版社，2014），这两本与我都有些渊源。谷羽老师的译作大抵是翻译三大册茨娃传记的副产品，我因为已出了苏杭译本，就没有接这个版本，最终译稿分别给了台湾吕正惠先生的人间出版社和上海译文出版社；王家新老师的译本是从英文转译的，收录了英译者及英语世界的评论，我组到稿，但选题没有通过，我就介绍给了同样喜欢茨娃作品的林贤治老师（连同曼德尔施塔姆诗选）。近期则有刘文飞译本《茨维塔耶娃的诗》（商务印书馆，2020）

和《茨维塔耶娃诗选》（人民文学出版社,2020）。茨娃作品能有如此多译本,这与她在中国的接受度互为因果。

我无意评判诗选译本优劣,关于节奏与韵脚等,坊间多有议论,成文的讨论倒不多见。此次重版苏杭老师的译本,纳入"文学纪念碑",主要出于几点考虑:首要的当然是对于茨娃的热爱,无论是作为出版者还是读者。上一版(包括一九九一年的那本绿色小册子)断版多年,从销量来看也颇受欢迎,值得再版。苏杭老师是老一辈资深俄语译者,加上在《世界文学》做俄语编辑,他对茨娃作品传播的贡献有目共睹,而他的资料意识让他译出了马克·斯洛尼姆的长篇回忆文章,期待更多读者读到他的茨维塔耶娃。此外,我希望补上来自俄语选本编者的视角,她们对于茨娃诗歌的特质及其接受史有更为切肤的体验。

此次再版,苏杭老师年事已高,未作修订。只是编校版式作了优化,订正误植字。重点在于补上三篇文章作为导读性附录。

其一是科尔金娜为苏联作家出版社一九九〇年版茨娃诗选撰写的序言。科尔金娜是资深茨娃专家,她的序言历时性地考察了茨娃诗歌与其诞生的时代的强劲关联。资料来源方面依然仰仗青年俄语译者糜绪洋(以下依然用更为知名的"公爵"称呼），他找到了这个版本的电子版。我邀请社科院青年研究者张猛博士译出，公爵作了精校。

其二是茨娃作品资深编者、传记作者安娜·萨基扬茨的一篇演讲稿。苏杭老师的译序资料所本即是萨基扬茨所写茨娃作品两卷本编者前言，为免重复，就没有选择译出这篇。萨基扬茨另外编有好几部茨娃作品，包括与人合编的七卷集，因为不是专论诗歌，也没有搜罗（陈方老师提供给我一个版本的编者序，也是萨基扬茨所作，基于同样的原因放弃了）。萨基扬茨的演讲稿一九九五年宣读于维也纳大学。十余年前我曾从网络上搜到陈瑛璇的译文《两种命运》，并于二〇一一年四月二十三日晚间贴到豆瓣茨娃传页面上，要不是这样，现在根本找不到这篇译文，奇怪！据公爵说，陈先生从一九九二年十月（《大公报·文学》第十七期，页22）到二〇〇八年十二月（《大公报·文学》C9）在《大公报》刊发了三十八篇英语、俄语的译文。我托江弱水老师尝试联系陈先生未果，加上译文内里还是有些瑕疵，公爵只好承担了这个临时任务。公爵的译文依然地道，加上这是演讲体，读来意随情动，不胜唏嘘。萨基扬茨这篇文章是从两位诗人比较的角度写出了时代压在她们身上时不同性格的反应，这个视角在其撰写的传记中也有铺陈,只是这里更为浓缩,更加有力。不少读者认为萨基扬茨的传记书写过于琐碎,近于平铺。其实这是浅见。确实,我也认为,俄语世界传记佳作寥寥,回忆录倒是多有精彩。萨基扬茨的传记长于将情感融入茨娃生平的几乎每一天,对于既坚守日常生活,又笔耕不辍,同时还不时掀起情感风暴的茨娃来说,对于只活了四十九岁的茨娃来说,这种锲而不舍的追踪与描摹是多么珍贵。萨基扬茨本人与茨娃女儿阿利娅有过交往,同阿利娅一样,她也将青春年华献给了推广普及茨娃的事业。

其三是斯拉夫文学、文化史家马克·斯洛宁的相关论述。斯洛宁是俄裔,其姓一般写作斯洛尼姆(他是纳博科夫妻子薇拉的堂兄)。少年就读于敖德萨和彼得格勒。十月革命后,流寓西方:最初是在布拉格,后迁居巴黎;一九四一年到美国,在耶鲁大学和芝加哥大学等校讲授俄罗斯文学及文化,后任教于纽约萨拉·劳伦斯女子学院,曾担任该院外国问题研究室主任。他的代表作是俄罗斯文学史三书:《现代俄罗斯文学》(1953),《俄罗斯文学概要》(1959)和《苏维埃俄罗斯文学》(1964)。

斯洛宁与茨维塔耶娃相识是在他任布拉格俄文月刊《俄罗斯意志》文学编辑期间,前文提及的长篇回忆录主要讲述的就是这段时间的交往。斯洛宁在海外对茨维塔耶娃的推重与评介,构成了茨维塔耶娃重获声誉的重要一环,他本人也充分意识到这一点。

本书所选章节出自《苏维埃俄罗斯文学》,译文所据为一九七七年增订版。所选内容亦属增订范围。因为是史论,斯洛宁先概述了茨维塔耶娃生平,这些论述相对常见。精彩之处是对于茨维塔耶娃文体特征的分析,警句迭出。斯洛宁讲述了一九一七年至一九七七年的苏俄文学史,不同于此前的苏式文学史,含括范围广,问题意识强,尤其提到的很多作家对于中国读者来说闻所未闻。上海译文社在一九八三年即推出此书中译本,得风气之先,此书迄今亦未过时,值得再版。

《现代俄罗斯文学》台湾远景出版公司出过中译本(汤新楣译),人民文学出版社二〇〇一年以《现代俄国文学史》为名推出修订本。该书从十九世纪六十年代俄罗斯民粹主义运动讲起,经契诃夫至二战后俄苏文学的演变。《俄罗斯文学概要》台湾枫城出版社一九七五年十二月推出(史朗宁,《俄罗斯文学史》,张伯权译),至一九八〇年十一月已四印(我有幸从孔夫子旧书网购得此难得一见的译本)。这本主要是从俄罗斯文学的起源谈起,直至一九一七年革命前后的文学。

斯洛宁另一本流布较广的书是《陀思妥耶夫斯基的三次爱情》(纽约：契诃夫出版社,1953),中国文联公司一九八三年推出施用勤、董小英译本《癫狂的爱：陀思妥耶夫斯基的三次爱情》,湖南人民出版社一九八八年推出吴兴勇译本《灵与肉的炼狱：陀思妥耶夫斯基的三次爱情》(再版,广西师范大学出版社,2003)。

斯洛宁的文学史著述视野开阔,论述精当,虽然没有米尔斯基的文学史那般名气大,却也自成一体,文学史与文化史、思想史交叉论证,融为一体。

关于茨维塔耶娃诗歌艺术的文章也很多,值得出一大本。限于篇幅,暂且收录这三篇吧。

茨维塔耶娃的经典性源于其跌宕的生平际遇与恒久的艺术世界,希望"文学纪念碑"能够持续地发掘作为"经典作家"的茨维塔耶娃。

本书图片主要来自萨基扬茨所著传记和所编画册,偶尔取自阿里阿德娜·埃夫龙的回忆录。少数图片,如斯坚卡·拉辛、吉卜赛舞蹈,特意为这个选本搜集。感谢谷羽老师先前提供画册,也感谢公爵再度提供专业支持!

魏　东

2021 年 7 月 6 日于大柏树

Марина Цветаева
Тебе—через сто лет. Стихотворения Марины Цветаевой

图书在版编目(CIP)数据

致一百年以后的你:茨维塔耶娃诗选／(俄)玛丽娜·茨维塔耶娃著;苏杭译.—2 版.—桂林:广西师范大学出版社,2021.9
(文学纪念碑)
ISBN 978 - 7 - 5598 - 3042 - 5

Ⅰ.①致… Ⅱ.①玛… ②苏… Ⅲ.①诗集-俄罗斯-现代 Ⅳ.①I512.25

中国版本图书馆 CIP 数据核字(2020)第 124681 号

出 品 人:刘广汉　　　　策　划:魏 东
责任编辑:魏 东　　　　装帧设计:李婷婷

广西师范大学出版社出版发行

(广西桂林市五里店路9号　　邮政编码:541004)
(网址:http://www.bbtpress.com)

出版人:黄轩庄
全国新华书店经销
销售热线:021 - 65200318　021 - 31260822 - 898
山东韵杰文化科技有限公司印刷
(山东省淄博市桓台县桓台大道西首　邮政编码:256401)
开本:787mm×1 092mm　　1/32
印张:16.75　　　　　字数:250 千字
2021 年 9 月第 2 版　　2021 年 9 月第 1 次印刷
定价:78.00 元

如发现印装质量问题,影响阅读,请与印刷厂联系调换。